CLAIR-OBSCUR DE L'ÂME

En marge de Sidi Moussa

JEAN-YVES SOLINGA

PREMIÈRE ÉDITION

Little Red Tree Publishing, LLC,
635 Ocean Avenue, New London, CT 06320

Imprimé aux Etats-Unis d'Amérique

Première Édition 2008

Couverture et format:
Michael John Linnard, MCSD

Tableaux et photographies de la couverture:

1   Détail de *La jeune fille à la perle* (1665-1675) de Johannes Vermeer (domaine public).
2   Détail de *Marat assassiné* (1793) de Jacques-Louis David (domaine public).
3   Deux détails de *La ronde de nuit* (1642) de Rembrandt Harmenszoon van rijn (domaine public).
4   Photographie de la Tour Eiffel (téléchargement public du site officiel) de Philippe Bourgeois.

Couverture arrière du livre

1   Détail de *la ronde de nuit* (1642) de Rembrandt Harmenszoon van Rijn (domaine public)
2   Détail du *portrait de jan six* (1654) de Rembrandt Harmenszoon van Rijn (domaine public).
3   Détail de *la jeune fille à la perle* (1665-1675) de Johannes Vermeer (domaine public).
4   Détail de *la laitière* (1658-1660) de Johannes Vermeer (domaine public)
5   Détail le *'téméraire' remorqué à son dernier mouillage* (1839) de J.M.W. Turner (domaine public).

Library of Congress Cataloging-in-Publication Data

Solinga, Jean-Yves.
  [Clair-obscur of the soul. French]
  Clair-obscur de l'âme : en marge de Sidi Moussa / Jean-Yves Solinga. -- 1. éd.
    p. cm.
Includes glossary.
Includes index.
  ISBN 978-0-9789446-5-0 (pbk. : alk. paper)
  I. Title.
  PS3619.O4326C5514 2008
  811'.6--dc22

                        2008044001

Little Red Tree Publishing, LLC
635 Ocean Avenue,
New London, CT 06320
website: www.littleredtree.com

DÉDICATIONS

À ma femme, Elaine que je remercie de son amour, son amitié et sa présence.

À mes enfants Robert et Nicole qui représentent dans mon cœur le meilleur de ma foi dans le futur.

À ma sœur Marie Louise et mon frère Pierre qui m'ont fait connaître l'amour et privilège d'un père et d'une mère supplémentaires.

À la mémoire de mon père Marcel et de ma mère Anna qui m'ont enseigné l'amour de la vie à travers leur exemple.

TABLE DES MATIÈRES

Chapitre 3 – Multiples réalités

AVANT-PROPOS

Little Red Tree Publishing, LLC, de New London, Connecticut, a l'honneur de présenter cette édition française complètement révisée de *Clair-obscur of the Soul* de Jean-Yves Solinga. Pour ceux qui connaissent la version anglaise, Jean-Yves a pris l'occasion de ne pas seulement revoir la version originelle mais d'y ajouter des poèmes non publiés qui avaient été conçus et écrits entièrement en français.

La version originelle en anglais avait suivi le succès de la publication du recueil de poésie de Jon Norman, *Days of Creativity*, édité par James Stidfole. À la suite de cette publication nous avons été inondés de manuscrits d'écrivains et de poètes en herbe. Parmi ces candidats, le manuscrit de Jean-Yves se distingua des autres grâce à son intensité, son lyrisme et son observation de ce que c'est que d'être humain, en allant plus loin dans le coeur et l'âme.

En lisant les poèmes de Jean-Yves, je me suis immédiatement rendu compte que j'avais devant moi un poète non publié qui avait une aise non forcée en ce qui concerne son talent de manier la langue : transmettant une panoplie d'émotions, une ambiance à multi strates de nuances, dès le premier poème. La lecture des autres poèmes créa un effet global d'une puissante proclamation poétique. Son style de prose poétique, qui s'éloigne des formes traditionnelles, est sans la moindre affection ou prétention, qui, de ce fait, se rapproche de sa vaste vision et de la narration que doit achever la voix d'un poète.

Le sujet de nombre de ses poèmes vous permet d'entrer dans un univers intellectuel de dualité pleine de contrastes, où une réalité est juxtaposée à une autre, rendant le tout fascinant, troublant et révélateur. Il n'est donc pas surprenant que ceci se rattache aux éléments de la vie du poète qui est faite d'une dualité culturelle intégrale : en partie franco-marocaine et en partie américano anglo-saxonne. Métaphoriquement Jean-Yves en parle en tant que 'solaire' et 'labradorien.' Ou bien, entre l'Afrique du nord et le courant froid au large des côtes de la Nouvelle angleterre.

Je vous présente ce livre sensationnel, sous sa nouvelle version révisée française, d'un poète qui a vécu sa vie dans la dualité culturelle et à travers les évènements majeurs du 20e siècle en les décrivant du fond de son âme. C'est un remarquable recueil de poésie qui doit être lu par tous ceux qui s'intéressent à une vision singulière de la vie qui pourrait redéfinir la possibilité de la poésie face à ce qu'elle devrait être : l'art d'exprimer de la pensée pure à propos de la condition existentielle humaine.

Michael Linnard, PDG
Little Red Tree Publishing, LLC

INTRODUCTION

En marge de Sidi Moussa

Entre Sidi Moussa et le Labrador existe la genèse de ces poèmes.

En arabe, Sidi Moussa est le Moïse de l'Ancien Testament: le patron saint de mon voyage lyrique. Alors que le courant froid du Labrador, qui frôle les côtes de la Nouvelle Angleterre, exemplifie, lui, l'autre milieu de la deuxième partie de ma vie.

Sidi Moussa est, en plus, une plage minuscule au nord de Salé, au Maroc, où nous avons passé, mes parents et moi, des heures précieuses de pêche: « Le silence des âmes. »

Mon monde poétique est donc bipolaire, multipolaire. Il se déchire entre deux langues et trois cultures. Il cherche l'absolu à travers la croyance d'un athée et le danger d'une fièvre faustienne. C'est, ainsi, l'angoisse si connue de la soif de la jeunesse face à la décrépitude se montrant à l'horizon: « Papillon noir, » « Parfums proustiens. »

Mes thèmes se glissent aussi entre deux mondes : entre l'universel, que l'on voudrait immortel, et l'autre, très personnel, intime, quasi romantique: « Vivre et mourir à Paris. »

C'est où ces deux influences rentrent en équilibre que j'aime me trouver. Où l'authentique permet au lecteur de revendiquer, plus naturellement, le moment, à son tour, pour lui-même. Ce moment privilégié quand les mots, le tableau, l'expression artistique, s'échappent de la solidité du présent et demandent au futur témoin de l'oeuvre de retenir son souffle: Entre l'artiste et l'inspiration, basé sur le tableau La fille à la perle, de Vermeer.

Comme Baudelaire, j'aime utiliser les icônes religieuses pour en construire des antithèses face au présent amoral charnel: Le cœur brisé. Et comme dans Camus, j'admire la majesté très humaine dans la bataille inégale entre l'univers extraordinairement puissant et ignorant et la défaite inévitable de l'homme. Comparée, par exemple, à l'interprétation de Voltaire, L'humanité et sa place, ou bien, celle de Pascal, Le silence: le visage de l'anti-lyrisme. C'est dans tous ces visages que, finalement, réside la fraternité solidaire que l'art, très souvent, permet à l'artiste d'offrir à son audience: Il faut faire la lessive.

Le besoin de créer a de tout temps poussé l'humanité à arrêter la présence de l'objet de désir dans le temps et l'espace. Et c'est un moment d'autant plus précieux si cet effort nous ramène à le recréer, malgré les années, à travers un regard éternellement jeune d'un Picasso, un Chagall, ou bien, celui d'un petit garçon, comme pour la première fois.

...Comme deux êtres que l'on aimerait de la même passion en n'y voyant qu'une, quel déchirement de l'âme d'apprendre que le lieu de l'enfance supporte mal deux maîtresses jalouses de leur identité!...

L'amour, comme les passions en général, est une devise que l'on peut facilement dépenser sans trop réfléchir si l'objet de notre désir nous paraît complètement naturel et entièrement renouvelable. D'un geste quotidien nous touchons à ce qui traîne dans nos poches et dépensons sans y penser. Nous apprenons que ces précieux billets se sont éparpillés un peu partout pour des raisons quelconques. Ce n'est que plus tard, alors que l'on ne s'y attend pas ou plus, que l'ombre jalouse et rare d'une fraîcheur africaine se dévoile au milieu du froid ambiant. On s'arrête de respirer pour mieux entendre et revoir le précieux lieu que nous croyions si banal.

« Maman, tu m'achètes des yaourts à la vanille au marché? »

Vision quasiment perdue dans l'espace... C'est une vision faite maintenant de mots qui super imposent deux cultures dans un acte fertile procréateur plein de ferveur envers les choses vues par un enfant sans le prisme rigide déformateur d'un adulte...

Les visions de ce petit marché étaient choquantes pour un petit garçon... un marché de voyeurisme sur l'Autre... Un marché hors des choses qui se ramollissent sous la chaleur africaine comme la pâte crémeuse des camemberts...

Petit marché... entre deux mondes.

La disponibilité sensuelle elle-même, que ces visions offraient et demandaient de moi, n'était qu'un rite de passage avant que je n'en sache la signification du mot...

Derrière le marché, une émanation d'urine et de crottins de chevaux et d'ânes prenait à la gorge...

Je ne comprenais pas pourquoi je trouvais ce matraquage des sens irrésistible et quasiment sexuel... Il y avait une douceur contradictoire qui tournoyait autour de ces bêtes battues à longueur de journée. Une résignation paisible régnait sur toute cette injustice et cette prolifération intimes des choses. D'énormes mouches y faisaient un festin de l'autre côté de la portière de la voiture. Il me semblait que tout y était bien…

Une balance des choses régnait face à mes sensibilités d'enfant bien élevé. Ma présence passive, et sans recours possible aux accoutrements de mon identité qui me définissait, me mit et me garda à ma place. Le monde n'était pas aussi net et propre que je ne le croyais. Et la matière douteuse, cachée sous ses plis ne me repoussait pas.

« Si seulement je pouvais toucher à tout cela sans me salir et me faire engueuler... sans que Maman ne le sache! je me demandais. »

[Dans, « Sidi Moussa... la jeunesse se perd, mais on garde la passion. » Essai lyrique non publié.]

Du point de vue technique et esthétique, la 'plasticité' d'un langage compréhensible est ce qui m'a toujours guidé: en anglais comme en français.

Je m'exprime sous une forme que l'on peut caractériser de vers libres, ou bien, de poèmes en prose. En anglais, par exemple, j'ignore d'ailleurs même le 'pied' poétique qui s'ajoute à la métrique totale du vers.

Bien que je sois biculturel, l'inspiration d'un poème me vient uniquement en une ou l'autre langue. Ce n'est que plus tard que je traduis: une fois qu'une version est finalisée.

Les poèmes, à inspiration ou à sujet politique, sont les plus difficiles à traduire. Je n'avais pas, pour cette raison, traduit Rêverie pendant longtemps. C'est à cause de son succès en anglais que je l'offre ici en français.

Comme normal, je tire des moments autour de moi les ingrédients d'une mixture, d'un pastiche de personnalités et d'événements. Par contre, ma profession d'enseignant n'était pas fertile en occasions singulièrement exotiques ou grandioses. N'est-ce pas pour cette raison que Flaubert alla chercher dans les journaux une trame d'un suicide banal pour son histoire qui deviendra Madame Bovary?

C'est comme cela que j'ai souvent quitté, à travers un rêve, une obsession, la cantine, la salle de lycée où j'assistais pour la unième fois à une réunion de professeurs pour me trouver ailleurs: De l'autre côté du mur.

Donc, on saute de l'autre côté de ce mur. Là, où les choses et les gens ne sont pas aussi sages ou bourgeois qu'ils ne le voudraient ou que l'on ne leur demanderait : Du sable, de l'oasis et du bonheur. Là, où on a le droit d'inventer le mal et en observer le résultat: Le cœur brisé.

On y trouve, parfois, un homme 'quelque peu défectueux' qui est susceptible aux tentations de la vue. Son regard, et celui des Autres sur lui, sont à la fois des occasions hédonistes fertiles et des abîmes irrésistibles, inconnus et dangereux: Rêverie, Parfums proustiens: entre Tristan et Iseult.

C'est pourquoi certains poèmes de ce recueil vivent dans cet autre endroit de nos vies. À la frontière du réel et du réveil. Dans le site naturellement flexible des images souvent contradictoires, antithétiques de l'imaginaire.

Jean-Yves Solinga
Gales Ferry, Connecticut, 2008

Jean-Yves Solinga

(à gauche) Photographie de Salé, Maroc, en 1948. De gauche à droite : ma sœur, Marie Louise, que j'appelais « maman Malou » puisque je la considérais comme mon autre mère. Ma mère, que j'appelais « maman maman. » Et mon frère, Pierre, qui utilisera l'argent de son premier prix pour m'acheter un jouet. J'ai été privilégié de me sentir toujours aimé. J'ajoute que mes cheveux allaient être coupés à la garçonne dans l'année même.
(Collection Jean-Yves Solinga)

(à droite) Cette photographie prise à Salé au Maroc, vers 1950. Mes cheveux sont courts et ma sœur, Marie Louise, allaient se marier partir pour l'Amérique. On peut sentir l'omniprésence du soleil dans cette vue.
(Collection Jean-Yves Solinga)

CHAPITRE 1

ENTRE DEUX MÈRES

En général, ces poèmes forment un voyage de retour idéalisé, des côtes du Labrador, Paris, la Provence et finalement vers le Maghreb. Il y existe une note mélancolique mais certains souvenirs me permettent de recréer et de distiller de belles images authentiques de l'amour des choses vues à travers le prisme de la jeunesse.

Une lithographie de Notre Dame de la Garde, un retour au cimetière de Marseille, une marche dans le froid de la Nouvelle Angleterre et des visions du site maghrébins renaissent.

Paris, et tout ce que cette ville représente pour un Français expatrié qui revient pour y passer des moments pleins de magie symbolique. Mais, même la poésie ne peut pas se détourner de certaines laideurs de la réalité: « Silence des âmes, » « La mort de Sidi Moussa, » « Protoplasme. »

Par contre, même la vision du paradis perdu, exprimée dans « Entre la mère poule et son fils, » est la source de précieux moments du passé d'un petit garçon. L'amour du site s'approprie par rapport à la ferveur du regard sur celui-là, comme dans *Out of Africa* de Karen Dinesen.

AVENUE DES ROCHES

Retour à Marseille

Pas trop loin de la Corniche,
Accrochée à ses rochers et zigzagant de bonheur,

Aux pieds de la *Bonne Mère*, entre les pins maritimes et les cigales urbaines,

Au milieu du chaud granite blanc, couleur neige,
Existe une pelote à souvenirs.

Elle commença à s'enrouler un jour d'automne.

Sous sa couverture, couleur lavande et substance laineuse,
Se trouve la fragilité d'images et de sons.
Friables. Et délicats.

Comme si le temps avait imposé une enveloppe sacrée et douce autour d'eux,
En les protégeant contre la disparition et l'oubli.

Un jour d'automne est venu, et, entre le train de nuit pour Paris,
Et le bateau d'émigrés pour New York,

Entre les bises de quai, mouillées,
Et les visages familiers disparaissant dans la vapeur mécanique,
L'Avenue des roches est devenue de plus en plus petite.

Ce jour d'automne, en quittant ce Vieux Port prolétaire,
Aux odeurs précieuses et pourries de poisson oublié,
De visages brûlés par le sel de la mer,

Aux derniers cris de la dernière Criée et de débris flottants,
Je me suis habillé de mon petit costume d'émigré,
Et je suis parti.

J'ai laissé derrière le clair-obscur solaire et provençal
Des ruelles du quartier de Fort Notre-Dame.

Le quai paternel et solide d'un César.
Celui romantique et susceptible d'une Fanny.

Et j'ai suivi celui aventureux, mais solitaire d'un Marius, au nouveau monde.

J'ai porté en carapace ce petit costume,
Comme un dernier vestige de mon passé,

Pour me protéger du nouveau,

Comme le montre ces trois boutons bien fermés sur la photo
Dans une rue d'une Amérique de quelques heures.

Le costume a disparu dans les déchets de la croissance.
Et ce sont les rites quotidiens qui sont restés dans le quotidien de nos vies.

La terre méditerranéenne, encore attachée à nos souliers,
Commença à se mélanger, par nécessité, par habitude,
Au sol gelé du présent labradorien.

Nous avions coupé, avant de quitter, et avec bonne intention,
Nos 'arbustes souvenirs' au raz du sol.

Tout cela, croyant les aider à survivre le froid anticipé.
Et on les oublie.

On les oublie, jusqu'au jour d'un printemps de troisième âge,
Un jour vide et vidé d'intérêt.
Vide et vidé d'idées futures et de possibilités.

Mais rempli de réflexions sur nos racines et ce que celles-ci veulent dire.

Nous avions coupé, avant de quitter, et avec bonne intention,
Les roses pompons et les arbres fruitiers.

Les palmiers et les oliviers,
Que nous avions trouvés trop lourds pour le voyage.

La Canebière et la rue de Rome. Le Cours Pierre Puget et la Préfecture.
Les baignades à la Pointe Rouge. Les promenades à l'Estaque.

Tout s'était rétréci de façon à prendre le moins de place possible dans les
valises.

Et on se bat, sans trop en être conscient.
On se bat contre l'invasion à travers la porte et les murs trop minces contre le froid.

On se bat pour retenir un peu de soi.

Un peu des choses
Qui maintenant disparaissent dans l'immédiat
D'un nouvel idiome à apprendre et de nouvelles moeurs à suivre.
On s'arme de soupes de poisson et de ratatouilles,

Face à l'effarouchement des voisins.

On ouvre en famille des bouteilles de vin,
Face au milieu désapprobateur puritain.

Et on jongle tant bien que mal les balles disparates culturelles,
En espérant les garder en l'air le plus longtemps possible,
Et ne pas paraître ridicule.

On ne retrouvera ce passé qu'un jour,
En se promenant, en se cognant le pied contre cette nouvelle verdure que
l'on croyait morte.

La pelote basculera de nos doigts et se déroulera.
Et comme ces produits déshydratés qui reprennent leur forme initiale au
contact avec l'eau,

Toutes ces images, toutes ces sensations, tous ces moments,
Reviendront à la vie, au ciel du souvenir,

Un soir sur la Corniche,
Alors que le Château d'If
Commencera à disparaître
Dans la brume du soir.

ENTRE L'ÎLE DE LA CITÉ ET L'ÎLE SAINT LOUIS

Entre l'île de la Cité et l'île Saint Louis existe un baiser.
Il se trouve enfoui dans des cheveux noirs à la garçonne
Qui sentent l'amour et la virilité.

Il s'est fait à la suite d'un retour de regard
Au-dessus de l'épaule gauche, vers les lèvres du désir,

Voulant simplement revoir, respectueusement,
Les arcs-boutants et le monument à la déportation…

　　　…Et l'amour recréa la ville en son image.

C'est un baiser miraculeux construit de choses disparates.

Il est construit de falafel à l'arôme d'une oasis au coucher de soleil et de
couscous langoureux,
Qui les transportent à une nuit chaude maghrébine au coton blanc, Sous les
guirlandes d'ampoules électriques nues et sensuelles.

Il est fait de silences de deux âmes entourées des cris de joie d'enfants
Sur les pierres inégales des rives de la Seine aux reflets de rosace gothique.

Il est fait de ce mélange, malheureusement trop humain,
De la soif de volupté éternelle,
Au milieu de la grisaille temporelle,
Qui les attendra dans une aérogare de retour.

Il est fait du bonheur sur terre, mesuré en secondes,
Rien qu'en voyant ce regard noir et souriant,
Au milieu de la fatigue urbaine,
Assise sur un strapontin bleu du métro dantesque.

Et surtout, rien qu'en voyant pour la première fois, et ensemble,
Une *Impression de soleil levant,*
Sachant que cela serait probablement la dernière.

Et ironiquement, faisant donc, de la Beauté,
La source de stigmates de néants futurs.

Au milieu de ce site, doublement consacré au beau et à la souffrance, existe
ce baiser.

Entre l'île de la Cité et l'île Saint Louis
S'embrasse un couple sur un pont.

Il ne reste de ce couple que des images
Rendues transparentes et fragiles par la société et ses lois.

Ce baiser vit dans l'esprit d'un conducteur de hasard
Qui en fut témoin, et comment, avec une fièvre contagieuse,
Ce soir-là, une femme a connu une passion renouvelée dans ses bras.

Une fertilité coulait sous ce pont au milieu de la pierre élevée
Au nom de dieux millénaires endormis et touristiques.

Une bonté éternelle se dégageait de ce couple
Près de ce symbole à la dénonciation et la méchanceté religieuse.*

Au milieu de cette circulation aux regards envieux
Une brume d'authenticité douce, paisible et rafraîchissante
Flottait autour de ce couple à la valeur sculpturale et solide.

Entre l'île de la Cité et l'île Saint Louis existe un baiser.

———————————————

À Saint Germain des Près brûle un cierge magique.

Il brûle dans une église aux poutres médiévales noircies par les années.
Il est aux pieds de marbre froid et mort d'un saint anonyme aux yeux vagues.

À Saint Germain des Près brûle un cierge magique à la cire éternelle.
Les vieilles femmes se le disent de la bouche à l'oreille.

Elles viennent le toucher sensuellement
De leurs doigts tordus par les années.

Elles viennent le regarder de leurs yeux délavés.

« C'est le cierge de l'athée et de cette jeune femme.
Ceux qui s'embrassaient et pleuraient, » répètent-elles.

Elles s'en éloignent toutes avec un sourire impudique
Qui cache une lubricité retrouvée.

Ce cierge magique fait remonter une sève blasphématoire
Dans ces corps oubliés par les hommes et les années.

À Saint Germain des Près brûle un cierge magique.
Celui de l'éternelle passion humaine.

Et comme ces femmes stériles qui font appel à ton nom,

Sidi Moussa,**

Parmi les litanies de soupirs venant des sièges de vieux bois sec qui craquent,

Elles frottent ce cierge en revendiquant leur passion de jeunesse
Et leur premier baiser derrière une porte.

C'est ça l'arrogance de l'amour.
L'innocent égoïsme de l'amour.

De faire de Paris un lieu privé et nuptial,
Comme une chambre à la lumière tamisée,
Où seul le regard de désir anticipé existe.

C'est alors qu'il se souvint, en regardant dans ce regard noir
Qui lui demandait une réponse à son angoisse du futur,

Que Dieu, en vérité, créa le monde en sept jours,
Et, ayant fait de même,

Il ne leur restera, de leur univers,
Que la magie immortelle de cette semaine.

* Référence au monument à la déportation des Juifs près de la Cathédrale de Paris.
Aussi à certains excès historiques associés aux religions mais surtout au personnage
de Frollo chez Hugo.
** Référence à la tradition, mentionnée à l'auteur, selon laquelle ce Marabout à Sidi
Moussa était un lieu de pèlerinage pour les femmes stériles.

PRÈS DU PÈRE-LACHAISE

Près du Père-Lachaise. Près des choses qui parlent de l'oubli.
Près du passé solidifié, intouchable et inaltérable.

Près des Grands qui se croyaient plus grands.
Près des Grands qui ne voulaient pas se voir oubliés.
Des Petits oubliés de leur vivant.

Près des cadavres classiques: 'moliéresques' et 'balzaciens'…
Et *celui* Outre-Atlantique:

« Come on baby… light my fire. »

Près des objets respectueux:
Comme une fleur pour Piaf.

Et ceux symboliques:
Un préservatif, couleur jaune, pour Morrison.

Près des monuments aux morts pompeux et fatigués.
À cette jeunesse immobilisée par les tranchées et par le marbre.

Près des tombes des soldats en poudre.
Ceux enveloppés d'un linceul fait du tissu des drapeaux.

Sortant de ce lieu de pèlerinage, culturel et obligatoire,
Lieu à mi-chemin entre l'oubli des vivants, et l'orgueil des morts.

Les yeux braqués sur les choses prosaïques. Celles du moment.
C'est-à-dire: le danger des pavés inégaux et des crottes de chien.

Réfléchissant au lieu et à la manière de son prochain repas,
Il vit l'avenir.

Il vit un univers parallèle. Il vit ce qui ne pourra pas être.
Il vit ce qui ne sera pas. Ce qu'il ne pourra jamais avoir.

Elle était là. Les cheveux à la garçonne. Habillée de noir.
Pantalon couleur glissante. Tenant à la main un petit garçon.

C'était le futur construit d'une matière magique et idéale.
Un futur fait hors de la solidité fragile des pierres tombales.

Fait des substances immortelles. Plus durables.
Celles de la passion et de l'amour.

Un futur né dans... et de... l'énorme besoin de refaire
Le présent trop fatigué... et le futur... trop interdit.

Construit d'une substance de pure fantaisie
Que seul l'amour de l'impossible peut produire et poursuivre.

Absorbé par cette *vision*, il se retrouva au centre d'un monde
Où, seules les choses qui comptent co-existent.

Où le temps et l'espace ne sont que pour les Autres.
Où l'amoralisme et le bonheur se font des clins d'œil.

Un lieu où la décrépitude EST pour les *Autres*,
Et l'immortalité pour *Nous*.

« Come on baby... light my fire. »

Alors que les coups de freins et de klaxons essayaient de le remettre dans la réalité,
Alors que les coups de coudes des touristes voulaient le remettre dans son corps,

Son regard le fit sortir de la matière. Oui... des choses.

Il voyait ce spectacle, cette apparition à travers les yeux de ceux qui ne
savent rien du temps.

Comme un dieu, blasé et jouant de ses heures intarissables et pleines d'ennui,
Il fit de cette *femme* ce dont son âme lui demandait:
La mère de leur enfant.

Il reconnut en *elle* tout ce qu'il croyait avoir oublié
En venant dans cette ville animée par le moment. Par le présent.

Alors que sa gorge se serrait et se séchait,
Il reconnut les hanches, les reins, la marche.
Les talons trop hauts... selon sa susceptibilité.
Le regard noir. Et la moue sévère qui fait le chic de Paris

Elle était là près de lui. Croyait-il !

Mais le Père-Lachaise et ses leçons ne sont jamais loin.

Il vit maintenant le vrai futur.
Celui qui nous empêche de bien dormir.
Celui qui nous fait regretter le bonheur alors que nous y sommes.
Celui qui nous ramène à ce qui nous cause le plus de peine dans notre
condition humaine:

La conscience de la joie. Et la peur de la perdre.

Il vit donc un futur. Mais sans lui.

Dans l'image de cet enfant existaient
Les restes de lui-même face à l'oubli total.

Son monument était fait de l'union imagée et imaginaire de deux chairs.

C'était tout. Mais c'était assez.

YIN YANG À PARIS

De son parvis, la beauté même de Notre-Dame le peine.
Des mots lui viennent à l'esprit.
Des mots, comme sublime, grotesque.

Cela est trop facile.
Hugo le voyait. Lui, il l'a dans le sang.
Il a absorbé les poussières vivantes de cette ville.

Seul, maintenant, avec une sorte de septicémie de l'âme,
Une ligne noirâtre lui monte le long du bras,
Comme un stigmate vénéneux indiquant
Par son invasion extracorporelle,
La sienne, maintenant disparue.

Des passages littéraires parisiens
Lus dans le confort protégé de son fauteuil.

Des odeurs filtrées académiques
Calmement savourées, avec des hochements de tête approbatifs,
Comme une tisane, saine, légère et transparente.

Que c'est beau la littérature!
Des larmes couleurs plastiques. Aux molécules inertes.

Mais la vie ! Sa présence devant ces tours!
Qu'est-ce qu'il en fait?
Qu'est-ce qu'il fait de tous ces restants?

Il a envie de hurler. Un cri égoïste.
Adossé contre ce vieux mur, rue des Rosiers,
Il finit par se moquer de la douleur, symbole de ce lieu:
N'y voyant que la sienne.

Apparemment, la mémoire des choses extérieures,
N'est qu'un moyen très humain
De nous permettre de souffrir plus longuement.

C'est ce qu'il ressent, après tout,
À travers le raclement de son coude sur le granite des murs.

Il devrait y reconnaître l'infamie de ces lieux:
Les dénonciations politiques et religieuses faciles.
Les familles détruites et éparpillées.

Alors que l'avarice et l'exclusivité de son amour
Ne veulent y voir que ce visage.
Son beau regard. Et rien d'autre.

Les grands opposés s'ignorent,
La présence et l'absence.
La chaleur de son corps et la froideur du sien.

Ils font plus que s'ignorer,
Ils s'entre-tuent avec cette même conviction quasiment religieuse
De tous les temps.

Car dans son cœur existe la plus dangereuse des croyances.
Celle d'un coeur désespéré. Celle qui remplit les esprits d'une ferveur inquisitoriale.

Il se torture dans ces lieux vidés de ses moments passés.
Ceux semblables au cocon humide de sa présence.
Ces mêmes quartiers, maintenant solidifiés, pétrifiés.

Comme un chien, au regard affamé et au ventre vide,
Il essaie de renifler les miettes odorantes
Des falafels d'hier, d'entre ses mains.

Ses sourires et ses regards prometteurs.
La douceur cotonneuse, maintenant disparue.

Ce n'est que la solidité râpeuse de la pierraille des trottoirs
Qui l'entoure.

Au milieu de la douceur du souvenir
D'un couscous réciproque encore fumant.

VIVRE ET MOURIR À PARIS

Réflexions sur un incident de métro

Éclats de Sacré Cœur. Escaliers de pierres,
Remplis sur leur hauteur d'un ciel de tuiles rouges.
Ombres cosmopolites de platanes, et terrasses étroites d'apéritifs.

Entre deux stations de métro. Cri métallique.
Arrêt de la respiration et de la voiture.

Échos réfléchis sur les murs : de sons rapides,
De coups d'oeil et de souffles imperceptibles.

Ville lumière, assombrie par ce tunnel suffocant.

Parmi des regards furtifs, faits de souvenirs d'une vie entière,
Ville lumière et heures sensuelles arrivant à leur fin
Dans un tunnel vidé d'air et une tombe probable.

Vivre ou mourir.
Mourir avec ses doigts dans les siens.

Vivre ou mourir est facile.
Regard langoureux qui les transporte du rien
À l'autre côté du néant.

Cherchant un meilleur endroit et moment.
Mourir ou vivre, quelle est la différence?

Donc, c'est à Paris où seront à jamais leurs coeurs et leurs corps.

Vivre et mourir à Paris.
Ils sortent du tunnel. Ils connaîtront un autre jour.

Simples mortels, ils ne choisissent pas leur mort.
Donc, placides, ils restent assis sur leurs sièges de plastique bleu.
Leur avenir décidé par le glissement d'une porte de métro.

Mais s'ils…
…S'ils pouvaient choisir?

D'avoir vécu et d'être morts à Paris?
Et de se laisser aller?
Et de n'avoir rien à ajouter?
Sachant que rien ne pourrait être ajouté?

Avec comme seul vœux, de se laisser mourir.
Et de laisser vivre les autres.

Boulevards culturels, les observant d'en haut
Avec leurs sensuelles muses de marbre.

Arrondissements concentriques,
Remplis des nuptiales d'ethnicités multiples.

Ponts narcissiques, voyant leurs images sur l'eau
Avec un regard approbateur.

Vieilles pierres grises. Et molles pâtisseries s'écrasant toutes
En une explosion de chuchotements et de soupirs.

Dernières visions d'un dernier repas et derniers désirs.
Éclats de colonnes grecques arrondies et visites timides
En entrant sous les scènes infernales des portiques gothiques.

Baisers volés parmi des moments volés dans les ombres intimes
Le long des chapelles des déambulatoires.

Fausse alarme! Ils vivront un autre jour.
La question est : « Pourquoi? »

Éclats de falafel et de couscous brûlés dans leur esprit.
Joie liquide de vin gris de Mekhnès.
Et le besoin de rester réveillé.

Damner le sommeil, car ce n'est pas vivre.
Rester plutôt réveillé. Et construire des souvenirs.

Du haut de Montmartre, tard la nuit,
Des éclats de vie passent devant eux
Avec les rayons tournoyant de la Tour.

Et ils voudraient que tout s'arrête là.
Arrêter la vie en ce lieu et ce moment,
Car, vivre et mourir à Paris,
Définit à jamais la nature du vrai bonheur.

Ville lumière. Ville nocturne.
« Où es-tu Jim? »

« Parle-moi de ton Père-Lachaise.
C'était bon pour toi? »

Chocolateries et histoire.
Élégance sur talons hauts et profiles minces.
C'est le lieu d'amusement de Dieu.
Où le religieux EST le culinaire.

De tous les côtés existe le chaos.
Proche et loin existent la mort et la destruction.

De tous les côtés les revendications et la colère des choses et des gens.
Mais dans ses mains, dans l'ombre qui s'assombrit
Existent le présent et l'avenir.

Éclats de tout et d'éternité. Éclats de tout ce qui pourra à jamais exister.
Paix sans fin, parmi une agonie et douleur sans fin.

Et c'est donc comme cela. Comme cela doit être.
Comme cela aurait dû être :
Que le dernier regard aura été sur,
Et renvoyé par, l'objet de désir.

Vivre et mourir à Paris.
Avoir peur de dormir.

Avoir peur de manquer quelque chose.
Avoir peur de manquer une minute de Bonheur. Il marche.

Il marche avec un regard féminin.
Voulant être possédé par la douce virilité des odeurs du Quartier Latin.

L'intime devenant plus pressant.
L'intime devenant plus excitant.
En le repoussant, vers un avenir fertile.

En demandant: « Veux-tu parler d'existentialisme? »

Choisir entre l'humain tactile et l'humanisme intouchable.
Et goûter des deux.

Vivre et mourir à Paris. Car vivre après Paris n'est que la mort.

Ayant vu le dur marbre lustré de la réalité de demain,
Il vivra plutôt dans la douceur cotonneuse des promenades d'hier.

Marches sur la solidité inégale des pavés le long de la Seine.

Et, donc, vivre et... oui... mourir, à Paris.

VERS LE CHEMIN DE SAINT-PIERRE

Silencieusement séparés des autres quartiers,
Loin de l'ancienne Criée du Vieux Port,

Vers l'essence résineuse de Saint Loup,
Ces murs m'ont toujours paru fièrement différents des autres.

Plus qu'autonomes. Comme s'ils n'avaient pas besoin d'aller aux autres.
Ils savaient que les autres viendraient à eux.

Ils attendaient patiemment dans un mutisme pierreux:
De dalles grises et de portes rouillées,
De marronniers alignés et de fleurs oubliées.

À son approche, la vue des collines blanchâtres,
Niaient, par leur couleur neige, la chaleur des heures d'été des visites.

Et ces cigales éternelles, hors de ce qui sèche les peaux et les pétales,
Les seules et les vraies à ne pas disparaître de ce lieu.

On y revient après des noces solennelles et des liens purement de circonstance.
Les coeurs brisés des uns et les infidélités des autres.

Les rires fous des champagnes de communion et de promotion.
Les décisions sages et les bonheurs de passages.

Des séparations de voyages et de vies diverses bourgeoisement calomniées
Des réconciliations, auprès des murmures de famille, derrière des portes jalouses.

Des visites d'un Paris de Verlaine sous sa pluie à toujours romantique.
Des neiges lointaines anglophones labradoriennes donnant le mal de la langue
et des images de Pagnol.

Et, au fur et à mesure des années on y fait nos pèlerinages.
Dans ce lieu de tranquillité respectueuse et de ciel diamanté, bleu éternel,
nettoyé par le Mistral,

On remonte des allées qui reconnaissent dans notre silence,
Le silence des années d'absence.

Comme si nos pas retrouveraient, en leur faisant confiance,
Les pas disparus des années disparues.

On s'y perd doucement. On y ressent un confort.
Un enveloppement protecteur des murailles, malgré l'athéisme interne charnel.

On y reconnaît un nom parmi les lettres qui perdent leur relief.
Une fontaine. Une statue blanchies par les soleils.

Une paix réciproque règne et y pousse avec les herbes durcies entre les cailloux.

Et alors que l'on refait ce rite une fois de plus,
On ne peut pas s'empêcher, dans un dédoublement aigre-doux,

De se voir nous-même, à notre tour, accompagné
De nos amis. De nos proches.
Notre dernière fois sur ce même chemin.

Entre temps, il ne nous reste que de vivre,
Avec cette prise de conscience,

Que nous nous retrouverons tous,
Le jour de notre jour, sur le chemin de Saint-Pierre.

« Me voilà à nouveau vers le chemin de Saint Pierre. »
Paroles d'une parente annonçant la mort d'un proche.

À LA RECHERCHE DU BLEU ET DE L'ORANGE

Sur un manteau de cheminée existe un jouet:
Il est fait de souvenirs et de sagesse.
Un petit camion, semble-t-il, fait d'un métal prosaïque.

Il est couvert d'un bleu et orange délavés
Par le temps et les doigts d'un enfant inconnu.

Ce camion d'un style dépassé par les années et la technologie est là,
Habillé de son plus beau anachronisme,
Au milieu des chandelles aromatiques et des photos de famille.

Dans le passé existe un Noël.
Il est fait de plaisirs et d'aises trop faciles pour un enfant.

Il est fait de dédain pour ceux qui n'ont rien
Que seul le confort physique sait nous enseigner.

Dans ce Noël existe un magasin de jouets.
Il vit au coin d'une rue d'un passé longtemps révolu.

Il est fait de guirlandes et de lumières,
Qui font facilement oublier à l'enfant le message d'un couple
Malheureusement trop véridique, même pour les agnostiques.

Un couple qui n'a que le souffle d'un bétail fatigué
Pour réchauffer leur nouveau-né.

Il est fait de choses qui nous permettent de croire que tout est bien
Dans un univers où les hommes ne s'aiment pas assez
Et les enfants pleurent trop souvent.

Dans ce passé existe un père.
Les malheurs et catastrophes des guerres
L'avaient marqué des stigmates qui blessent plus
Que le fer rougi par la flamme.

Car cette peine reste sur le cœur.
Alors que l'autre disparaît dans le temps

Rien n'est jamais bien sur la terre,
Après les cauchemars des morts gratuites et inutiles des textes d'histoire.

Ce Noël passé est fait d'envie et de certitude dans les yeux de l'enfant.

On n'y connaît que le confort. Celui qui vit dans l'oubli tranquille.
Celui de la conscience bourgeoise
Face aux démences humaines passées et futures.

Il est fait de l'oubli. L'oubli des choses qui comptent.
L'oubli de savoir ce que c'est que vouloir. Et ne pas avoir.

L'oubli de ne pas avoir ce que l'on veut plus que toute autre chose au monde...
...ce camion bleu et orange sur l'étagère de verre.

Ce camion vit aujourd'hui sur ma cheminée, après des années d'absence.

Il est revenu dans ma vie, au hasard d'une marche à Montmartre.
L'homme que j'étais devenu a revu dans une vitrine
Les couleurs qu'il recherchait dans son cœur.

Dans les détours bêtes de la vie, il cherchait sans le savoir
Les couleurs de la sagesse.

Le fameux camion que mon père m'avait refusé:
« Pour te faire apprendre une leçon »
Me répéta souvent ma mère.

LA MORT DE SIDI MOUSSA

Les dieux sont fiers de leur immortalité
Décrétée, dans un moment de faiblesse, par l'humanité.

Ton lieu, Sidi Moussa, était plus fragile.
Il était habité de mes souvenirs liés au frisson de mes molécules.

À travers ton nom et près de ton marabout,
J'ai cru, longtemps, y voir la solidité
D'un absolu de ce que j'avais laissé.

Tu étais l'intermédiaire, entre la soif de l'âme,
Qui m'apportait à te revoir,

Et l'eau douce qui récompense le corps
Des voyages messianiques. Celle de la ferveur des rêves.

Entre la marche interminable et le repos final sous les dattiers,
Il y a la mort sablonneuse inévitable.

Mais, il y a des morts,
Qui ne nous laissent que les yeux rouges,
Et le regard perdu sur ce que nous perdons.

Par contre, il y a des morts,
Qui arrêtent tout de notre vivant.

Qui ne nous laissent que ce qui est à l'avant,

Et rien à l'arrière.

Ayant appris ta mort,
Au milieu des papiers gras et des rats,
Au milieu de diverses formes en plastiques,

Au milieu des saletés et du temps
Que je n'ai pas su arrêter,

Je te décrète, grâce à ta petite plage blanche,
Inapprochable, précieux et pour toujours parfait.

VOLUBILIS

Comme par magie, entouré par le silence.
Seul le craquement de la neige vitrée.
Le jeu de lumière des vibrations lunaires sur les cristaux de glace.

Les reflets en écailles se transformèrent en grains de sable
Dans la chaleur oppressive de la ville romaine de Volubilis.

Il se souvint, alors dans sa jeunesse, d'un autre éblouissement,
Face à la sècheresse inorganique du site,
Qui semblait refuser cette intrusion humaine.

« Pourquoi construire une ville ici? » demanda-t-il à son père.

La chaleur et le vide s'étaient accaparés de la totalité du plateau.
Les objets humains y avaient une valeur temporaire et instable.

C'était comme si le cordon noir de la route
Aurait pu, à son tour, être avalé
Dans la chaleur des mirages s'évanouissant.

Pas trop loin, un aperçu vert frigide.
L'océan Atlantique dans l'ocre de ce bled des bleds.

Son regard et ses sens essayant de reconstruire, au milieu de ces ruines,
La vie, la mort et le néant.

Une leçon s'introduisit corporellement, palpablement en lui,
En montant les marches du forum
Vers les restes d'un temple.

Les ondulations au centre de chaque marche
Semblaient indiquer le contenu de 'mémoire' de la pierre.

Le cuir des innombrables sandales les avait polies
Des empreintes de pieds longtemps disparus.

Comment réconcilier cette ville pétrifiée, à un passé qui vivait?
Que faire de cette humanité aux visages cachés?

Comment se peut-il que seul le bruit du soleil
Et le froissement des vipères y existent aujourd'hui?

Quel fut le rôle de ces décombres de colonnes?
Quelles parties d'elles furent humaines? Quelles parties naturelles?

Le poids collectif des choses s'entassait
Dans ce site à la majesté inhumaine et non humaine.

La voix des touristes semblait mourir au-dessus des ruines.
Une nappe épaisse de silence redonnait leur intimité aux choses.

Dans les zigzagues de chaleur, ces visiteurs étaient plein d'incongru
Face à la solidité de ces tours dans l'univers des pierres.

En élevant ces fières colonnes,
L'homme avait cru arrêter, comme d'habitude,
Sa présence architecturale dans le temps.

Ces mêmes colonnes, recouvertes de marbre,
Maintenant nues devant eux.

Sous le regard rapide et chaste des touristes,
Elles révélaient les dessous de leur faiblesse.

Les marches dures s'étaient faites gentiment imprégnées
Des morceaux du passé
En se laissant polir par la douceur des semelles de cuir.

Et quelque part, dans toute cette solidité,
Survivait l'espoir de la présence moléculaire
À travers l'espace et le temps.

Retournant au dortoir, une nuit de février, dans le froid du Labrador.

AVEC OU SANS PARIS

Ce n'était pas Paris, après tout.
Ni les platanes, ni les quais.

Ce n'était pas la rue des Rosiers.
Ni le falafel.

Pas le Marmottant, ni Monet.
Et surtout pas Clichy et sa lubricité.

C'était la brise couleur du désert.
Le touché à travers le coton égyptien.
L'immédiat des choses et du regard.

C'était la plénitude charnelle et brûlante
Qui existait dans nos cœurs
Bien avant les tours médiévales.

Bien avant Paris,
Paris était en nous.
Malgré le froid ambiant du Labrador.
La frigidité d'une salle de cantine.
Malgré les tabous sociaux.

Et puis, en dernière étreinte,
Comme tout dernier regard,
Le tout sera en tout.

Le tout aura été prononcé.
Les voyelles finales, féminines et labiales,
Auront été écrites.

Paris, on l'a toujours…
Tant que l'un des deux y pense.
Chacun dans sa vie.

Une fois Paris,
On peut en plier soigneusement les images.
Les mettre… là, dans la poche.

Elles se froisseront au contact du quotidien.
Mais elles seront, comme Le Mémorial de Pascal,
 À l'abri dans la doublure des choses.

On pourra toujours après,
Avec un tremblement des doigts,

Gentiment et tendrement retrouver ce beau regard noir
Sur une terrasse d'un bistro parisien éternel.
Dans les plis jaunis d'une photo.
Imprimée sur l'âme.

SILENCE DES ÂMES

La Kasbah en face, le passé derrière.
Le Ricard entre les mains et les cauchemars dans l'esprit.

Vies échouées sur le sable mouillé des cancans de quartier:
« Pas de futur, cette femme, vous savez? »
« Il la frappe, on dit. »

La guerre collective organisée était terminée.
Mais pas la méchanceté intime et cachée.

« Si les Allemands reviennent, je fais arrêter votre mari! »

Les casernes militaires
Aux échos épineux entendus dans les couloirs.

Derrière les jalousies grises des fenêtres,
D'autres jalousies humaines plus opaques.

Crasseries des épouses contre épouses
Au parfum de murmures calomnieux,

Nourries de la pénurie alimentaire.
Enrichies par le fumier des guerres d'occupation.

La guerre était terminée,
Mais pas les soupçons.

La guerre n'était plus là,
Mais pas les ombres fantasmagoriques
Des hommes qui font mal aux hommes.

Le soleil de Provence avait disparu,
Caché derrière des nuages
Faits de commentaires écœurants des voisines.

Des dénonciations de frères contre frères,
Menant à la torture sadique de la rue Paradis de Marseille.

Ce beau soleil obscurci par la douleur qui aveugle.
Descente dans la peine
Qui enlève, à sa victime, l'envie de respirer:

Le seul survivant d'une famille criant sa douleur:
« Arrêtez-moi. Moi aussi, je suis juif! »

Les partis pris entre la collaboration
Et les tickets de marché noir.

« Vous vous rendez compte,
Elle a fait ça pour cinq cents grammes de sucre! »

La guerre en est venue à sa fin,
Mais pas les crocs-en-jambe et les actions douteuses.

Des passés dans lesquels existait une mitraillette allemande.
Son apparition sur la table d'une cuisine,
Faisant l'admiration des hommes de la famille.

Sa raison d'être fut expliquée
Avec de 'gros yeux' grondeurs maternels,
Et le silence du père.

Des passés où existaient des chuchotements d'infidélité,
Répétés sans y penser.

Des chantages émotionnels et des détritus sociaux et intimes
Auxquels on donnait des valeurs éternelles.

Le tout suivi d'un regard de tristesse surhumaine
Dans ces visages pourtant si rieurs,

Quand 'le petit' écoutait et voulait savoir:
« Pourquoi? »

C'est, alors, la course vers le Maghreb.
Espérant trouver, pour une dernière fois,

Le fabuleux dépaysement qui met
L'âme et les souvenirs, confortablement à nu
Dans le naturel des choses.

Les poches furent ainsi vidées
De la menue monnaie grasse du passé.

Entre le pastis et quelques blagues,
Aux accents de Fernandel,

Deux hommes trouvent la compréhension et l'entente,
Dans un fertile silence réciproque,

Pas loin duquel un petit garçon s'amusait
Avec l'innocence concrète de voitures en métal blanc.

Comme un animal apprend
À modifier son comportement au contact des hommes,

Cette enfance, presque 'voyeuriste',
Avait appris à respecter instinctivement,

Et trouver naturel, ce dénuement verbal:
Autrement déroutant aux autres adultes.

Tout cela au son des abeilles ivres
Au dessus de la table du jardin,
Sous le figuier éternellement aromatique.

Sous ses larges feuilles sombres,
Les mots rares y avaient le symbole
Des substances précieuses qui font la joie des hommes.

Ce silence était le seul capable à ouvrir
Le cœur de ces deux hommes
Rendu hermétique par les bruits nocifs de la vie.

Autour de cette table, il y avait ces deux êtres:
Pourtant si différents. Unis dans l'amitié non verbalisée.

Deux hommes qui décidèrent un jour,
D'aller à la pêche sur un morceau de l'Afrique.
Au nord de l'Afrique.

Et de trouver dans le silence
D'une chasse à la 'grosse bête' illusoire

Le bonheur concret se laissant deviner
Dans le vent de l'Atlantique.

Des tueries, des lâchetés et de ces autres choses,
Il ne restait que des cicatrices sanguinolentes dans leurs coeurs.

Je n'avais devant moi que leurs corps.
Réservoirs de tout cela.

Des corps auxquels il ne restait qu'un bonheur,
Au nom duquel, ils buvaient leurs pastis.

Et la peine,
La peine qu'ils essayaient de faire fondre,

Dans la chaleur maghrébine près de la Kasbah de Salé.
Loin du Vieux Port.

Deux marseillais près des murs de Salé: vers 1949.

LES AUTRES CONNAÎTRONT AUSSI NOTRE PARIS

Distant et pourtant intime,
Passionné et plein d'espoir,
Sera le regard de cet Autre.

Cet Autre, que l'on croyait
À l'image des enfers sartriens.

Le tout qui nous entoure,
Revivra à travers l'anodin de leurs gestes.
Instinctifs. Scintillants. Parlant d'humanisme.

Tous, personnels et précieux.
Propageant, à leur tour, le mémorable.

Cet Autre, qui dans ses bras, sentira
Les frissons d'extase dans le parfum
À la valeur éternelle du moment.

Rue Saint Lazare, au coin de la rue du croissant encore chaud.
Le geste du quotidien se refera pour nous.

Le Paris d'un couple à Saint Germain des près
S'embrassant sensuellement, une fois de plus,
Dans le silence lumineux spirituel des cierges vocatifs.

Du Sacré Cœur, à minuit, les sons et lumières,
Aux ampoules crues des cinémas.

L'annonce des émanations érotiques
Dans un baba au rhum de café.

Idolâtrie athée, de choisir de repousser
Les questions du temps, du brutal, du final,
À l'aide des essences d'alcool évaporé.

Avenue de Clichy, dans le paradis d'une chambre,
Un autre couple ressentira des frissons
Où notre lubricité multipliera la leur.

Et là, là, cette vision sartrienne, écrite comme par hasard,
Avec une note de gratuité.

Un paragraphe brûlant au milieu
D'une avalanche plutôt frigide de mots savants.

Un passage hors du commun,
Chez cet auteur aux froideurs rectilignes philosophiques.

Et bien là, je le vois nous remettre,
Malgré notre fragilité biologique,
Dans notre solidarité spirituelle face aux choses.

Face à la matérialité sourde de la matière,
Il me permet de retourner dans ce lit parisien.

Il me fait voir ce couple heureux
Connaissant la vraie prise de conscience.

Tout cela, hors du commun académique et philosophique.
Là, où comptent, seulement, les gouttes de sueur sur leur poitrine,
Et le cillement des yeux sous l'intensité du regard réciproque.

C'est dans les entrelignes de la littérature
Que se construisent nos espoirs.

L'art. Les mots. Lieux tant aimés des écrivains maladifs.
Des peintres à demi aveugles.

Ces beaux esprits qui veulent capter son parfum.
La façon que se fermaient ses yeux sur un baiser.

Mais nous évoluons dans la réalité. L'intouchable. L'impossible.

Jusqu'au jour du hasard d'un passage écrit.
Face à un tableau. Une toile d'un coin de musée.

Nous passons devant. Avec envie. Retenant notre souffle.
La passion ressentie par l'artiste est devenue la nôtre.

Le sujet d'inspiration, de désir, maintenant éternel.
Par le regard, la ferveur fortuite de l'Autre.

Le vide de l'athéisme, il me semble, se remplit de cet espoir.

*« Le trépas [de l'auteur] se réduisit à un rite de passage et l'immortalité terrestre
s'offrit comme substitut de la vie éternelle... M'éteindre en elle [l'espèce humaine],
c'était naître et devenir infini mais si l'on émettait devant moi l'hypothèse qu'un*

cataclysme pût un jour détruire la planète, fût-ce dans cinquante mille ans, je m'épouvantais... je ne peux penser sans crainte au refroidissement du soleil: que mes congénères m'oublient au lendemain de mon enterrement, peu importe; tant qu'ils vivront je les hanterai... mais que l'humanité vienne à disparaître, elle tuera ses morts pour de bon. »
De Jean-Paul Sartre, dans Les mots.

LES CIGOGNES AU MAROC

Brûlures: ocre d'été et de terre,
Chaleur: brune de boue sèche.

Sol: craquelé, fourmillant de points noirs,
De scorpions et de vipères.

Et puis, les pluies d'automne,
Ramollissent les choses comme une huile de rajeunissement.

Frissons sur les tiges vertes d'herbes libérés et folles
Du renouveau humide maghrébin.

Retour des bruits d'oiseaux du nord
Et de vents frais des côtes.

Mais rien d'officiel,
Sans le retour, sur la maison d'en face,
Des cigognes d'Alsace.

Aujourd'hui, avec un regard enneigé d'adulte,
Je reconstruis celui d'un bled aux cristaux de chaleur
Et d'un petit garçon au milieu des choses.

Un couple de plumes noires et blanches
Se dessine contre l'écrin du souvenir et le coin de cette cheminée.

Promontoire précaire et claquement de bec.
Annonce d'une joie animale dans ce nid

Les années se suivaient, avec l'impression,
Que ces bêtes faisaient tourner,
De leur présence même, les saisons.

Envieux, que je suis maintenant, de leurs descendants,
Qui, au contraire de moi,

Restent aujourd'hui proches de ce lieu,
Où j'ai vu leurs parents pour la première fois.

AU DÉPART DE SAINT-MICHEL

Au Départ de Saint-Michel, près d'une bouche de métro,
Il attend le visage
Aux traits du bonheur et au goût des heures à venir.

Sous la pluie parisienne des rues latines
Au milieu des pneus qui sifflent leur impatience,

Dans l'anonymat de la course urbaine,
Il attend dans l'humidité,
Nerveusement installé sous les toiles de terrasse rouges
Se tordant sous l'averse.

Du côté de son esprit se remplissant de doutes émotionnels
Avec le retard du rendez-vous,
Arrive, en silence, cet animal à ses pieds.

Une masse misérable de plumes mouillées.
Mais un oeil agressif et inquisiteur.

Sa main gauche fait tomber des écailles de croissant.
Et il choisit de voir dans le spectacle sous la table
Un regard de reconnaissance.

Il voulut voir un camarade dans cet amas grisâtre
Sautillant parmi cette abondance.

Sous ces flocons magiques de manne
Se passait une scène animale importante.

Il voulut lire, dans ce petit regard nerveux,
Une note muette de gratitude.

Cet animal symbiotique le fit entrer dans son monde,
Sans jeu. Sans prétention.

Ils satisfaisaient, à ce moment-là,
Un espace à combler dans leurs existences respectives.

Et parmi les flocons d'écailles de croissant
Ce jour-là sous la pluie,

Il se souvint, une fois de plus,
De la pitoyable équivalence morale,
Face au monde des choses,

Entre le poids de nos plus grandes angoisses,
Et celle de la vraie nature de la becquée d'un oiseau
Perdu sous la pluie.

ENTRE LE BEAU SPAHI ET LA SACOCHE

Entre le beau Spahi,
Dans son panorama messianique sans horizon,

Et le patient anonyme,
Prisonnier immobile au milieu de tubes plastifiés,

Se déroule ce que nous appelons une vie.

Entre le rouge et le bleu complémentaires de la cape drapée sur un cheval,
Et le blanchâtre uniforme mortel des draps d'hôpitaux,
On ressent le besoin de croire que l'existence doit avoir un but.

Entre la chaleur jaune et sèche du Sahel,
Et les rues gelées et blanches du Labrador,
Se refroidit pour toujours le corps entouré de regards mouillés.

Entre le beau Spahi sur son cheval Loyal,
Difficile et désobéissant,
Existe une autre antithèse qui trop souvent remplit et contrôle nos vies.

Car les vies ordinaires des gens ordinaires,
N'ont pas les accoutrements de celles des Grands.

Celles des nobles de coeur et de généalogie.
Ces grands personnages
Que l'on retrouve sous les lumières dramatiques.

Ces vies aux grands gestes
Qui semblent se regarder narcissiquement dans un miroir.

Alors que, pour la plupart de nous,
Nos existences se perdent dans le bruit ambiant des sièges à bas prix.

Passant de coulisse gauche à coulisse droite
Dans le noir. Sur un canevas noir.
Sans regards approbateurs. Sans encouragements. Sans applaudissements.

On n'y trouve pas les joyaux, les meubles et les belles pensées
Qui rempliront plus tard les musées de la postérité.

On trouve plutôt dans ces vies anonymes
Des enfants anonymes.
Abandonnés religieusement
Sur les parvis des églises. Dans les bras des autres.

On leur donne des noms de fortune
Des noms trouvés, en Provence, dans les dictionnaires italiens…
…solinga…

Et, on les met sur la route de la vie, en espérant le meilleur.

Il suffit, pourtant, de trouver dans ce grain minuscule d'humanité
Un morceau d'universalité que Montaigne aimé examiné
Chez l'individu et avec optimisme.

Il suffirait d'y trouver les candélabres de Jean Valjean
Que nous transportons tous, de calvaire en calvaire,

Qui définissent si élégamment devant nous,
La bonté et la beauté cachées
De l'Autre et de nous-même.

Il y a, des fois, chez l'un d'entre nous,
Si nous savons le reconnaître, le retrouver,
Cette présence, cet objet, à la fois inerte et verbal.

Et c'est comme cela que,
Loin de la désintégration d'un rêve chaud maghrébin,
Loin des vieilles tuyauteries du vieux Marseille,

Les rues étaient devenues enneigées,
Mais le sourire était resté solaire.

Entre les tueries et les atrocités de la guerre
Existait, malgré tout cela, le bel exemple du renom: Gendarme sourire.*

Entre le sourire facile, peut être trop facile,
Existe cet homme qui connut le bonheur de l'homme
Qui faisait celui des femmes.

Et nous voilà, fouinant dans les tiroirs des souvenirs.
Cherchant à reconstruire à base de la dualité de l'homme,
Un être entier.

Reconstruire l'homme
Autour de la charpente idéalisante qui est la mémoire.
Et lui redonner sa chair. Riche en contradictions et en tabous.

On cherche un objet
Qui puisse parler pour l'homme

Quand l'humanité,
Aussi bien que les réunions de famille revendiquent sa présence parmi elles.

Sur une étagère de garage, dans un coin de l'Amérique,
Dans cet eldorado d'un monde neuf
Qui brûlait tant dans son cœur,

Loin, très loin de la Bonne Mère
Qui brillait en haut de sa colline provençale,
Juste un peu plus haut de sa rue d'enfance enrichie par Pagnol,

Sur une étagère de bois, simple et sans peinture,
Comme un divin enfant dans sa simple et divine crèche,
A fini sa sacoche de cuir.

Un cuir épais, rude, presque grossier de texture.
Comme si, au contraire de ces objets de peau animale de grand chic,
Ceux que l'on sort les nuits d'opéra,

Comme si, cette sacoche voulait, par son aspect banalisé.
Passer incognito dans les espaces de la vie.

Comme si cet objet, témoin de l'histoire,
Ne voulait pas, grâce à son apparence méchante,

Que l'on ne se trompe,
De ce qu'elle avait vu.

Et c'est alors que… loin des démences des rafles des Juifs
Loin des enfants qui pleuraient du manque de quoi manger,

Cette sacoche est venue se reposer
Dans la plénitude américaine.

C'était cette sacoche militaire
Qui avait contenu la nourriture illicite destinée à ce peuple terrorisé et caché
dans les soubassements d'une église.

Substance rendue sacrée par le geste, le lieu et le moment
Et qui privilégie l'objet qui l'a retenue.

Elle est l'ancre
Que nous cherchons tous dans nos odyssées.

Celle qui permet aux hommes

De se juger devant leur propre conscience
Alors qu'ils ferment les yeux une dernière fois.

Celle qui nous remet,
Malgré notre apparente insignifiance et nos trop faciles faiblesses…
…au centre de l'humanité.

À un enfant trouvé nommé solitaire

* Surnom donné à mon père.

SUR LE SABLE GRIS DU LABRADOR

Sur le sable gris, face au soleil timide du Labrador,
Existent deux noms.

Comme des blessures rougeâtres sur une surface rendue constamment vierge
par le vent,
Ils écrivent, en forme sinueuse, le dessin de la passion sans lendemain.

En monticules et vallées minuscules
Ils croient pouvoir se protéger de la marée.

Ils verbalisent, en arabesques qui rappellent les hanches et courbes fertiles,
L'éternelle sensualité face au ciel puritain morne.

Grattées à la tige morte de roseau dans le silicone criant millénaire,
Les lettres amoureuses se marient et s'entrecroisent sans gêne malgré le vent frais.

Sur le sable gris du Labrador existent deux noms.
Ils sont à quelques pas des vagues qui nous enseignent,
Par leur présence, la leçon de sagesse de la conscience face au temporel.

Sur le sable lisse du Labrador existaient deux noms.
Les vaguelettes nordiques ont sucé, de leurs lèvres frigides, les taches
amoureuses.

En disparaissant, ces lettres brûlantes
Se sont mélangées à la salinité des choses

Et retourneront un jour à toi,
Sidi Moussa.

Leur souvenir vivra près de tes figues de Barbarie,
Dans un univers solaire qui offrira à nos âmes
Une intimité éternelle dans la chaleur blanche de ton nom.

Prière des amoureux au nom de Sidi Moussa

REVOIR PARIS POUR LA PREMIÈRE FOIS

Sous la pluie parisienne d'un Verlaine éternel,
Entre le lavabo et la penderie,

Au milieu des bruits ambiants trop intimes,
Sous des draps vallonnés et nuptiaux,

Paris se refait. Paris se recrée dans la nouvelle passion
D'un nouveau regard sur les choses.

En haut d'un escalier circulaire: style film noir,
Derrière une façade d'immeuble: visage Jean Gabin,

Entre boulevard chic et ruelle des désirs,
On retrouve cette passion au milieu des rides.

Les pierres épaisses et historiques se ramollissent à la Dali,
Sous la chaleur du souffle de ses mots.

Et la dentelle rougeâtre à travers les tours de Notre-Dame
Est un préavis pervers de la dualité humaine.

L'exotisme de ses yeux lubriques remet de nouveau
Esméralda au milieu du parvis sacré.
Toujours assoiffé de sensualité.

On s'aperçoit, pour la première fois… et sans honte
Que la blancheur fragile et virginale de Montmartre
Est la sienne… et était la sienne depuis toujours.

Sur des bancs en bois de Brassens, d'éternels amants se regardent éternellement.
Et, selon les lois très terrestres:

Celles du cycle romantique du renouveau des platanes.
Celles des odeurs éclairées d'ampoules électriques des marchands de marrons.
Celles des marches inégales presque romaines qui mènent à la Seine.
Rien ne les arrêtera, ou les oubliera.

Entre le douze et le douze bis se trouve la plaque numérotée bleue et blanche
émaillée:

Celle du désir et du bonheur.
Celle qui ne sait rien du futur et des traites à payer.
Seuls les moments à venir.

Une porte donne sur un couloir léché par les années.
Un bouton rouillé de sonnette mène à un lieu qui refuse de vieillir:
Celui des amants.

Et soudain, au milieu de cette beauté de soleil couchant
Se reflétant dans l'oblique miroir,
Cette cité qui était précédemment inénarrable,

Se laisse gentiment définir par l'architecture de leurs corps.

ENTRE LA VIE ET LE CADAVRE

Paris… ville de vie
En te quittant,
J'ai vu,
Vu… près de ton prestigieux Louvre,
Près de tes nombreux ponts,
Sur le chemin de tes amoureux:
Un mort gisant.

Le cercle est fermé

Paris…
J'ai vu,
En continuant,
Marche sur jambes branlantes,
J'ai vu se penchant,
Se penchant sur une lithographie,
Une jolie fille,
M'offrant la vue…
La vue de jambes bien faites.

Le mort est loin.

Le cercle est fermé.

NOUS N'AURONS PAS TOUJOURS PARIS

Quand le dernier cosmonaute, dans le dernier appareil
Quittant la terre orpheline, se retournera,
Il verra de la silicone cristallisée allant vers un petit mont de terre.

Il verra des morceaux de pierres anonymes en formes anonymes.
Les restants de l'élégance des Champs-Élysées.
Les restants de la majesté néoclassique de l'Arc de Triomphe.

Les restants mortels d'une ville immortelle.

Un dernier regard sur une terre rougeâtre. Des régions inhabitables.
Anciens lieux sacrés d'hommes puissants. Donnant de puissants discours.

Un dernier regard vers des démarcations poussiéreuses artificielles
Qui valurent des violences et haines sans limites.

Un dernier écho de dernières paroles
Concernant la prédominance de l'homme sur les choses et les bêtes.

Une dernière pensée lugubre
Sur la valeur éphémère de la beauté éternelle.

Une dernière réflexion
Sur l'arrogance humaniste trompée et trompeuse de l'homme sur les choses.

Alors que l'homme quitte le système solaire mourant,
Il sera remis, pour la première fois depuis Galilée, à son vrai rang.

Nulle part… au milieu du néant.

Dans les couloirs du vaisseau spatial seront entendus les premiers cris de
revendications et de jalousies.

Comme Sartre avait prédit:
L'Enfer sera vraiment les Autres.

Car, pour son voyage, l'homme aura apporté avec lui, dans ses précieux bagages,
Non seulement ses meilleurs habits,

Mais aussi ses plus sombres étoffes
Couvertes de croûtes ensanglantées.
Du fond de sa penderie.

LE CLAIR-OBSCUR DANS L'ÂME

Sur le mur d'une cuisine,
Au milieu du bois marron chaud des placards,

Alors qu'une pluie noire
Remplit le vide ventilé plein d'automne,

Sur le mur d'une cuisine,
Entourée d'un encadrement noir et argenté,

Vit tranquillement une image
Qui joint le passé au futur.

Devant cette image la toile de mon âme de déraciné
Se définit en taches claires obscures.

Le drap maternel culturel
N'est que déchirures et réparations,

Et il serait plus commode de simplement le plier sur une étagère du passé,
L'oublier et s'intégrer aux choses du présent vivant.

Mais l'après goût,
Quasiment masochiste des contradictions et des contrastes nostalgiques,
Garde sa saveur aigre-douce sur mes lèvres.

Entre les choses j'ai été mis, et pas au milieu,
Entre elles je resterai.

Au début, il y avait le froid mortel de ma ville
Qui avait remplacé l'univers provençal et maghrébin généreux.

Un froid omniprésent, quotidiennement contredit
Par les traditions apportées dans nos bagages encore touchés des pinèdes.

Les repas faits à l'étiquette violette du vin;
Alors que les multitudes de l'autre côté de la porte
Se baignaient dans un bain laitier et puritain.

L'ambiguïté linguistique
Qui ramène toujours à la première vision, pleine d'appréhension,

De Dame Liberté
Dans le brouillard matinal du port de New York.

Et le sentiment que l'on a laissé quelque chose
De précieux et de personnel à bord avant de descendre sur le quai.

Ce clair-obscur émotionnel
Est fait de regards trop langoureux et longtemps idéalisés du mirage maghrébin.

De souvenirs chauds et rouges des énormes murs de la Kasbah de Salé.

De ses fritures, et surtout, surtout, la corruption des sens,
Et la précieuse odeur du pain cuit dans les fours de quartier.

Alors que, de l'autre côté de l'Atlantique,
Nous attendaient les premières sensations cristallines et virginales
De notre première neige du Nouveau Monde.

_____

Entre les murs rouges de la Kasbah et la frigidité poudreuse,
On aura transplanté le corps, mais mal l'esprit.

Car celui-là aura appris à vivre des nourritures de cette nouvelle terre,
Tandis que l'autre ne fera que jeter des soupirs
De plus en plus dominants avec l'âge.

Et depuis, tous ces cailloux roulaient dans mes souliers.

Passant ces pierres de gauche à droite sous la plante des pieds,
Je marchais tant bien que mal. Je m'en étais fait une idée :

J'avais perdu depuis longtemps
Le droit de retour parmi des choses qui m'avaient connu.

Jusqu'au moment où,
Devant cette image faite d'ocre et de simplicité naïve,

Tout cela s'est dissous devant cette représentation
Devant laquelle je passais pourtant plusieurs fois par jour.

Une quelconque reproduction d'une cérémonie
Depuis longtemps oubliée.

Un style vieillot et ridicule qui, de sa présence incongrue sur ce mur d'Amérique,
Me ramène et me ramènera au seul lieu qui puisse me donner la paix.

_____

Une immense ironie règne dans cette cuisine et dans mon cœur.

Dans ce lieu journalier et pratique,
Face à un évier en inox et de la vaisselle sale,

Dans ce coeur athée, face à cette image pieuse,
Je me suis arrêté… ahuri…

Les yeux captés par le pin maritime,
À droite sur une colline de l'Estaque,
Et à gauche la silhouette de la 'Bonne Mère'.

Et alors que je regarde sans conviction religieuse cette image de Notre-Dame de
la Garde,

Je ressens pour la première fois, depuis presque toujours,
Quelque chose en moi,

Qui sait où et pourquoi,
Je retrouverai le trou laissé par mes voyages.

Devant une lithographie du 'Couronnement de Notre-Dame de la Garde'

L'HUMANITÉ ET SA PLACE

Ce sera lorsque le dernier lion aura mangé sa dernière proie.
Ce sera lorsque le dernier volcan aura rejeté son dernier torrent,
Que l'humanité sera encore plus ou moins debout.

Dans son coeur artificiel construit de morceaux de plastique artificiels,
Une étincelle artificielle passera.

Et l'homme aura, malgré tout, une pensée humaine concernant son rôle parmi
les pierres et les bêtes.

Elle sera faite de tristesse et de regret.
Mais elle sera faite surtout d'humilité et de peur.

L'humanité aura, une fois de plus, un regard voltairien
Au sujet de son emprise sur les choses.

Le même regard qu'il avait eu face au tremblement de terre de Lisbonne,
Alors que les vies glissaient sur la boue de l'indifférence du globe.

Ayant tissé des drapeaux patriotiques et construit des dieux sourds,
Pour offrir une continuité là où elle n'existait pas.

Ayant traversé les océans et homogénéisé les cultures.
L'humanité regardera dans le miroir de ses actions et de son histoire.

Elle y trouvera, à sa place, un visage désespéré qui lui renverra son regard.
Un regard plein de ferveur, cherchant le conseil, encore et toujours,
Depuis ce moment, caché sous un rocher lors d'un orage préhistorique.

Ce n'est pas de la peine que nous ressentons
Envers l'antilope affaiblie, attaquée par les lions affamés.
C'est la prise de conscience que notre vie n'est guère différente.

La gratuité entre la vie et la mort. L'ambivalence entre le bien et le mal est telle,
Que nous avons déployé un voile de bon goût et de bonnes manières Pour en
recouvrir leurs existences mêmes.

Et malgré toute la beauté des musées et les découvertes scientifiques,
C'est cette prise de conscience remplie de peur, que,

Malgré la séparation grâce à des murs artificiels entre nous et la boue de la
réalité terrestre,

Nous n'avons pas plus de valeur parmi les rochers et la matière qui nous entourent

Que les derniers crottins de la dernière brebis,
Regardant pour la dernière fois les flammes rougeâtres d'un astéroïde à l'horizon.

C'est donc face à cette laide et sale vérité,
Que le moraliste agnostique solitaire travaille et se bat.

C'est dans la solidité la plus honnête des choses,
Vues avec des yeux grands ouverts,
Que nous pouvons apprécier la beauté à travers nos yeux, trop humains,
  …des collines récemment couvertes de neige…
  …des premiers parfums du printemps…
  …du rire des enfants au jeu…
  …de la beauté repoussante de la naissance de notre enfant…

…de l'incroyable magie et valeur quasi-religieuse des soupirs à notre côté dans l'éternité d'une chambre assombrie et nuptiale.

Les vrais héros de cette histoire seront ceux,
Qui auront vu, sans fermer les yeux, le néant énorme des choses.

Et seront retournés du bord du précipice pour faire face à leur vie individuelle.
Sans se plaindre. Sans duplicité. Et surtout sans lois éternelles.

Sans références. Si ce n'était pas pour leurs propres connexions neurologiques d'une intelligence de hasard.

Et qui, de cette masse de néant uniforme,
Forme, sans façade ni arrière boutique, la vie sur terre,

Ces héros auront construit pour l'Autre
Des moments de solidarité culturelle et des cadeaux gratuits de bonheur.

Tout cela, sans ultérieure raison.
Sachant que cela est tout ce qu'il existera:
  Un geste sans lendemain…
  D'une durée infinitésimale…
  Dans une éternité sans but.

Cela, cela demande du courage: trouver dans les recoins de notre passion personnelle,
De déclarer, à notre tour, de notre faible voix messianique… le besoin d'aimer.

N'ayant rien d'autre derrière un recoin philosophique absolu.
Mourir. Mourir, plutôt plein d'envie,
Alors que des cuisines, on peut sentir la bonne odeur du souper
Montant les hauteurs de la colline.

Quand le lion aura manger sa dernière proie
Et la dernière lave du dernier volcan aura durcie,

L'humanité aura le temps de réfléchir sur son statut et ses actions.

Alors que des larmes sans valeur brûleront son visage,
Il reconnaîtra que, ni son statut, ni ses actions, auront eu de valeur vis-à-vis
l'univers.

À l'exception du total de ses actions envers son autrui.
Et cela sera bon. Et cela suffira.

Réflexions sur le tsunami de 2004

Hommage à Hugo, sans Dieu

CONTRE UNE ÉTHIQUE DE LA MACHINE

Entre la peau et le plastique

Sentiments électroniques. Seul dans la pièce. Seul à table.
Seul devant la tasse de café. Seul devant la machine.

Sentiments électroniques. Notre chaleur moléculaire,
Filtrée. Purifiée par le circuit sans respiration.
Sans haleine. Sans soupirs… des transistors.

Particules élémentaires construites par d'autres,
Pour des applications générales sans triage.

Sans raisons particulières. Produit d'un anonymat technique.
Prêt à dire n'importe quoi. À n'importe qui.

Morceaux de mariages savants
De métaux exotiques et de plastiques à toute épreuve.

Circuits électriques bêtes. Langue numérique.
Écrite en syntaxe enfumée.
Digne des grands prêtres des temples païens.

Le tout, contenu dans sa boite moderne plastifiée.
Attachée à son nombril électrique: son essence vitale.

Compatible avec tous les sentiments humains possibles.
Sans, pour cela, en ressentir un seul!

Sentiments électroniques. Nos résidus séminaux
S'assèchent, orphelins, ignorés,
Le long des fils cuivrés qui ne connaissent rien de la vie et des larmes.

Les sentiments n'y sont pas reconnus.
Pas admis.

Ces machines, décrétées comme l'ultime expression
De la sensibilité quasi-humaine de la technologie,
Ne savent rien du cœur de leurs créateurs
Qui les effleurent avec des doigts tremblants
Durant des nuits insomniaques et solitaires,

Alors qu'ils essaient de reconstruire,
À partir d'impulsions mortes de photons aveugles,
Les larmes des amants unis et désunis sur la terre.

Comme des proxénètes intéressés seulement au grand guignol de l'amour,
Ces machines ne font qu'unir les malheureux et leur font croire au bonheur
virtuel.

Les pensées humaines, riches et torturées.
Emplies d'angoisse et de rires. Déconstruites.

Réduites en courbes trigonométriques électriques
D'un courant à l'amplitude répétitive sans surprise.

Déconstruction de l'homme et de la femme.
De leur chaleur humaine,
Que l'on essaie de restituer à travers la froideur des électrons.

Se dire des choses proches
À travers la distance technologique.

Se servir de morceaux de silicone,
Pour exprimer les besoins de la chair.

Les sentiments. Les souvenirs.
Les soupirs sont passés au hachoir des entrailles d'un ordinateur.

Ils sont rendus stériles par leur contact intime
Aux vibrations mornes et mortes de la machine.

Pour être finalement refaits. Reconstitués. Regonflés.
Comme des cristaux d'un café: plus chimique que désaltérant.

Et puis, le moment vient où l'on se rend compte,
Dans un moment d'angoisse qui étouffe la peine,

On se rend compte que le visage que l'on cherche
Ne se reconstruit plus. Ne se refait plus.

Et tous les programmes savants.
Toutes les technologies époustouflantes de l'homme
Ne peuvent pas remettre la plasticité de la peau tant aimée entre nos doigts.

Ne peuvent pas donner un instant d'intimité au cœur.
Nous laissant, au lieu, les bras vides.
Et les doigts sur le clavier froid et noir de la machine.

Alors que le visage adoré, que nous reconstruisions à base d'électrons,
Se perd dans le corps de la machine qui nous regarde avec impassibilité.

L'illusion d'intimité à base de la présence virtuelle numérique.

LES OISEAUX À SAINTE-MAXIME

Entre le Nouvelle Angleterre et la Côte d'Azur

Aujourd'hui existe entre deux févriers.

Près de la Méditerranée... la vie est d'un bleu profond...
...et la bonté impressionniste environnante...
        ...se reflète dans l'or d'un kir pêche.

D'un regard brumeux... plein de Labrador...
...on observe les parterres miraculeux remplis de fleurs.

Près de la Méditerranée... chez les oiseaux...
...une guerre lilliputienne se déclare pour un morceau de pizza.

Sous le vent des pinèdes encore endormies d'hiver...
...les tables de cafés commencent à chercher l'air frais.

On pense furtivement à cet autre février...
        ...distant... brutal et mortel.

C'est alors que l'on se demande...
        ...si les oiseaux de Sainte-Maxime...
                ...connaissent leur bonheur.

PROTOPLASME

Perspective anti-humaniste et anti-humaine

Tant de masse. Si peu de place.
Un globe qui se dégonfle,
Et des opinions gonflées de nous-mêmes.

Alors que nous produisons et nous nous reproduisons.
Réciproquement. Glissements intimes indécents.

Au prix et conséquences réciproques
Pleins de sueur et de saleté globale.

Des morceaux reproductifs de nous,
Que nous nommons: uniques et sublimes.

« Pourquoi?… Pourquoi tout ceci? »

Un ton inquisitorial se laisse entendre au milieu de toute cette humanité.

On y parle de Big Bangs lointains.
Et d'existence conçue à base de mosaïques de hasard moléculaire.

Et d'autres bruits inertes tout autant significatifs par leur insignifiance.

Au milieu d'un des multiples univers possibles,
On entend le murmure d'une réponse de nos dieux :

« Je ne vous dois aucune explication. »

« Allez demander, au lieu, à une de vos constructions divines
Habitant les murs moites gothiques. »

À leurs yeux, la beauté de nos musées,
Ne rachète pas le carnage répulsif du viol de nos guérillas innombrables.

Même pas la sécurité lointaine d'un déisme.
Pas d'absence 'voltairienne'.
Aucun risque de gêne et d'intervention ultime paternelle
De la part de vieilles divinités sorties de textes poussiéreux.

Néant énorme sans but,
Dans lequel nous découvrons, avec un peu de chance,
La paix temporaire d'un objet illusoire de désir.

Celui-ci, apparemment et sans grandiose arrière-pensée,
Mise devant nous. Pour notre indulgence et distraction du moment.

Pour en oublier notre mortalité éternelle.

Donc, c'est des fois, à nos poètes insatisfaits
De comprendre les réalités émotionnelles.

De le faire grâce aux attraits d'une syntaxe prétentieuse
Pleine d'importance temporaire... comme celle-ci.

Les amibes et les grenouilles, les lions et les antilopes
S'accouplent sans trop faire attention à cette présence qui est la nôtre.

Déjeunant, plutôt, les uns des autres en toute tranquillité dans leurs âmes bestiales.

Mais seul l'homme peut détruire cette vision charnelle et gratuite
En imposant un sens hiérarchique moralisant sur les éléments de notre monde.

Que devaient se demander les petits moineaux,
Sur leurs branches d'été dénudés,

Dans leurs cerveaux non humains minuscules,
Entre les battements furieux de leurs petits cœurs,

De l'intelligence des soldats mourant des effets des gazes asphyxiants
Au-dessus des tranchées patriotiques?

Inspiré par « Requiem » de Kurt Vonnegut cité à l'annonce de sa mort:

« Lorsque la dernière vie
Sera morte de notre faute,
Si la Terre pouvait le dire
Peut être
D'une voix montant,
Des profondeurs du Grand canyon
C'est terminé
Les gens ne se plaisaient pas ici. »

Avec, en arrière plan, la scène du « Singing Detective » de Dennis Porter où la voix-off décrit la nausée de la façon que la vie se reproduit.

IL FAUT FAIRE LA LESSIVE

Ça s'est incrusté dans le cerveau des femmes,
Durant leurs courses dans les boues primordiales,
Les boues des batailles de l'Histoire.

Ça s'est incrusté dans le cerveau des femmes,
Que leurs enfants
À leurs seins enflés et sanguinolents
Avaient faim.

Selon leur besoin collectif et leur idée de droit d'hommes,
Il n'existait, chez ces hommes, aucun doute,
Quant à leurs actes de mutilation,
Ou de mort stoïque.

Convoitant ce meilleur bout de verdure,
Cette rive pastorale, cette page des manuels d'histoire,
Cette marque indélébile de la véridique croyance religieuse.

Pour celle-là, le sang devait couler.
Les infidèles proprement renvoyés à leurs dieux respectifs.

Les femmes des autres, aux progénitures de moindre valeur,
Devinrent la partie incommodante
Des vaincus: ceux du mauvais côté de l'Histoire.

Des remparts protecteurs et des machines à tuer à inventer.
Des océans à traverser, des peuples autochtones
À conquérir, et à sévèrement civiliser.

Mais pour les femmes... pour les femmes...
...Leurs enfants devaient être vêtus et nourris.

C'est donc avec un ton quasi religieux,
Dans ce qui est droit et bon,
Dans la famille humaine,

Avec une valeur infiniment plus profonde
Que les huiles molles des grandioses toiles de musée,
Avec plus de dignité que le stérile patriotisme cérémonieux,

Que cette femme entourée de dévastation et de pleurs,
Au moment d'une accalmie de la confusion et des courses éperdues,
Décida de montrer le drapeau
D'authentique sagesse et de profonde humanité,

En étendant son linge au soleil,
Quand les balles cessèrent de siffler.

Elle s'assit sur un tabouret branlant en bois,
A côté d'un feu de planches brisées
Du mobilier de chambre de sa mère,
Pour préparer le souper du soir,

Avec des gestes que Rembrandt
N'aurait pas osé essayer de saisir.

*Inspiré d'une interview de NPR [National Public Radio] où le journaliste témoigne
d'une scène au milieu de la destruction, pendant une accalmie, où il vit une femme
faire sécher son linge.*
Et du tableau de Rembrandt Les pèlerins d'Emmaüs.

PAROLES PATERNELLES

« Sacré Toutoune. »
Intonation enrouillée. Sans timbre. Gorge cancéreuse.

Du coin des yeux,
Les blouses blanchâtres de la médecine.

Le poids des mots qui terminent tout.
On essaiera de comprendre plus tard.

Demi orphelin d'ici demain matin.
On se fait des serments de solitude.

De ne plus imposer ce moment à d'Autres
Donc, ne plus avoir de liens.

« Sacré Toutoune, » frappe en échos morts
Sur les parois imperméables de l'esprit.

Créer des liens.
Les voir fondre aux rayons nocifs du calendrier de la maladie.
Savoir les choses sans pouvoir les arrêter.

Comme l'humanité d'un Christ contrecarré,
Voyant son futur et ne pas en vouloir.

Créer des liens pour les voir s'éparpillés
Sur les murs doublement stériles d'un couloir d'hôpital.

Créer une vie
Et puis léguer ce moment inévitable aux autres
Et leur place autour d'un lit aux odeurs antiseptiques

Créer des liens
Et les voir fondre aux rayons nocifs du cycle de la vie.

Broyer le passé tendre aux goûts exquis des souvenirs
Sous les dents cariées du présent.

Observer. Impuissant de corps et d'esprit.
Demandant aux choses de s'arrêter d'elles-mêmes.
Être pris dans cette énorme machine
Qui se permet de manger les bons repas de dimanche.

Le regard paternel se perdant

Dans ce boyau au linoléum vert d'hôpital.

Lit de métal froid. Surfaces blanches mécanisées.
Leviers et poignées inorganiques.
Au lieu de finir ses jours sous le ciel ouvert.

N'importe quelle sorte de ciel. Dehors.
Même sur un goudron du stationnement

Au lieu, nous nous regardions sans rien dire.
Il a dû… il a su me lire.
Il ne lui est sorti que: « Sacré Toutoune. »

C'est en donnant la vie
Que l'on se lie à cette inévitabilité.

Et puis on oublie.

On rencontre et on recommence à re-aimer.
On crée des liens et une famille

On crée un passé, un futur
De nouveau des repas en famille

Des moments qui vivent sous les soleils.
Sans trop demander où finira la trajectoire.

La mort du père

POLITIQUE ÉTRANGÈRE

Le bout du fusil formait
Comme une extension du nez du prisonnier.

Deux yeux intenses et sombres
Semblaient attachés à un tube métallique.

Les oreilles du vainqueur sifflaient
Du hurlement plein de fébrilité nerveuse
De son capitaine, derrière à droite.

Le soldat ne discernait pas, ou plus, ce qui lui était dit.
Ses camarades criaient des invectives incendiaires appropriées.

Le sol sous ses pieds tremblait des tirs d'obus.

Mais pour lui, à cheval au-dessus de l'ennemi,
C'était une vision et des sons entièrement coupés
Du monde des paroles sages maternelles.

Si c'était ça, l'enfer autour de lui, il n'en savait rien.

C'est donc cela la patine protectrice du soldat.
Ce cocon d'espace et de bruit isolé,

Qui s'accapare de l'humanité sur le champ de bataille,
De façon que le corps ne réagisse qu'à ce qui compte:

L'automatisme dément de la logique de tuer sur ordre.
La normalisation de prendre chez l'autre
Le plus important, et la seule chose,

Et de pouvoir le faire… mécaniquement… personnellement.

Puis de retourner chez lui.
Y réfléchir avec un verre au bar du coin.

De le faire rejouer constamment
Sur les reflets de l'écran du pare-brise,
La nuit, en retournant à sa famille folle de peur.

Il fera tout rejouer: la fumée, le recul.
Tout aurait bien marché. Tout aurait été catalogué,

Si ce n'avait été... les derniers mots,
À travers les dents cassées ensanglantées du prisonnier:
Van!... Van!...

Van est le nom de fille en Vietnamien qui veut dire Nuage.
À insérer le nom et milieu culturel de son choix.

À l'occasion du 40e anniversaire du massacre de My Laï, le 16 mars, 1968.
En l'honneur de: Do Thi Tuyet, survivante de huit ans.

ENTRE LA MÈRE POULE ET SON FILS

Les contradictions de cœur et d'esprit
Survivent plus longtemps qu'elles ne le devraient.

C'est ce contre lequel on se fait si mal,
En se frappant au mur de la réalité.

C'est inévitable. Sans appel.

On garde, proche de nous, les symboles du passé,
Métaphores d'innocence perdue.
Tout cela dans une poche de veston oublié.

Comme les billes de notre dernier jeu
Dans la poussière d'une cour d'école.

Tout cela maintenant sous les photos,
Dans de vieilles boîtes à chaussures sur les étagères,
Près d'un ourson hirsute manquant le bras gauche.

Un quelconque restant de symbole.
La mort d'un proche. La mort d'une bête?

Un coq, peut-être?

Des heures sans trêves à les surveiller.
Les poussins devinrent membres de notre famille humaine.

Et puis la famille à plumes, avec sa poule matriarcale.
La disciplinaire Cocotte.
Et le coq royal à crête cramoisie.

Vigilance humaine pour la protection des lieux.
Les périls du bled.
Les oiseaux de proie et les vipères du Maghreb.

Microcosme de bonheur basse-cour.
Retenu par mon regard sur cette solidité inébranlable
Et associée à une valeur personnelle.

Les saisons d'Afrique du Nord et les années se suivirent.
Boue sèche craquelée d'août.
Invasion des herbes hautes de décembre.

Les animaux avaient leurs habitudes:
En été, l'ombre rafraîchissante des plants de pomme de terre.
L'arrière des cages sous les pluies tropicales.

Noble solennité de poulailler.
Authenticité du regard.
Que j'interprétais comme possession du site.

Litanie d'images aimées. Créant l'illusion d'appropriation,
Dans le cœur d'un petit garçon.

Le jour arriva et on me dit que nous nous en allions.
« C'est comme ça pour les adultes. »

Des yeux rougis et des morceaux de conversation,
Derrière des portes fermées.

Je savais que nous partions. Et pourtant je ne savais pas.
Jusqu'au jour… jusqu'au jour où on a tué mon coq.

Celui qui avait dormi sous mon bras
Dans le soleil vertical d'Afrique.

Celui qui avait défendu sa famille
Contre tous les dangers.

Celui que j'avais déclaré plus solide
Que la terre dure d'Afrique du Nord.

Ce couscous infâme contenait en lui
Plus de spiritualité que les sermons pathétiques
De notre gentil prêtre de paroisse déluré.

À vrai dire, la croyance et l'authenticité
Se trouvent où la vérité s'impose:
Dans les gestes communs de nos vies quotidiennes.

Le fils de Cocotte était mort sur nos plats.
Inutile de blasphémer: ce n'était pas le fils de Dieu.

Mais, je ressens depuis ce dernier repas,
Ce jour-là de ma jeunesse,

Qu'une partie essentielle de ma vie
S'était dissoute devant mes yeux.

Donc, entre les œufs blancs de la genèse animale et ce couscous,
J'ai accepté de manger cette bête.

Dont la mort avait encapsulé,
Que nous pouvons nous gorger sur terre,

Et pour autant être là, les larmes aux yeux
Et le ventre vide et plein de bile.

(En haut) Photographie de ma classe, ma dernière année au Maroc en 1959, au lycée Abdelmalek As Saadi de Kénitra. Je suis au troisième rang à partir du devant et le quatrième à partir de la droite. À ma droite, mon copain, derrière qui je courais pour ma vie en jouant au rugby. Nous savions tous que nous allions nous perdre de vue avec les départs imminents. On m'avait déjà dit que nous partions pour l'Amérique. Jusqu'à aujourd'hui, je crois le voir dans mes yeux. *(Collection Jean-Yves Solinga)*

(En haut) Photo prise à Marseille, en 1952, durant
une de nos nombreuses visites de famille. Mon frère,
Pierre, moi et mon père.
(Collection Jean-Yves Solinga)

CHAPITRE 2

ENTRE L'AMANTE ET L'AMIE

L'art peut faire une chose de ce qui est trop souvent divisé en deux: « Deux êtres dans la même chair. » En l'occurrence, même en trois: « Vision d'une mère, d'une sœur et d'une amante. » Mais bien souvent la séparation se fait dans l'esprit de la personne à qui l'on demande, contre son naturel, de suivre certaines restrictions, certains conseils: « Pudeur et passion, » « Dans la confiserie des dieux, » « Les mains plus ou moins sales. » Où toutes ces demandes nous forcent à choisir, mal choisir, ou bien même suivre une évasion morale ou philosophique.

Il y a aussi l'ambiguïté sensuelle et sexuelle qui présente une multiplicité riche de réactions de la part de la personne qui confronte cette ambivalence: « Se voir être aimé, » « Café femme, » « La fille en robe de soie. » Là encore, rien n'est simple. Mais c'est la complexité, « la corruption des sens » baudelairienne qui nous laissent ahuris face à la richesse opaque de la vie.

VISION D'UNE MÈRE, D'UNE SOEUR ET D'UNE AMANTE

Les êtres, les choses et les endroits qu'il avait aimés.
Les êtres, les choses et les endroits qui l'ont aimé.

Et le temps, entre temps, qui essaie de tout effacer.

Il tentait, malgré tout, de reconstruire les traits de ce qu'il avait touché,
De ce qu'il voulait toujours toucher une fois de plus.

De l'objet sans lequel il savait toute survie impossible.
Ne pouvant survivre à l'impossible.

C'est dans cet univers qu'il respire maintenant
Les déchets de sa culpabilité.

En s'apercevant qu'il avait, malgré tout, continué dans le Temps.

Il boit machinalement sa tasse de café,
Comme si rien, ni personne ne pourrait arrêter ce geste.

Tout à coup, sans source, ni bruit,
Tout le passé, tous les moments ressortent
Des émanations tièdes devant lui.

Ahuri et silencieux face à ces sensations,
Il connaît une fois de plus la chaleur de ses lèvres,

Enveloppant, en images zigzagantes,
Ce visage humide transparent,
Le tout s'évaporant en tendresse.

À la trinité qui se cache dans le coeur.

LE COEUR BRISÉ

Dans le temple de Baudelaire

C'est en se brisant contre la terre glaciale du présent
Que le coeur nous rappelle qu'il était toujours là.

Tiède et fumant, il continuait à pomper, avec timidité,
Et sans trop savoir pourquoi, par habitude,

Les restants encore fluides de lubricité
Refroidie par les lois humaines.

Nous, nous croyions l'avoir oublié et en être oublié
Dans un recoin poussiéreux et tranquillisé de notre vie,

Étant de plus en plus à l'aise,
Dans nos journées pleines de stupeur et de bâillements bourgeois.

Mais lui, il était là.
Il attendait qu'on le reconnaisse pour ce qu'il est.
Ce qu'il avait été : le témoin de nos plus splendides heures.

Et maintenant, le voilà.
Réparti en petites écailles luisantes et tranchantes
Sur un sol qui ne sait rien de sa valeur.

On se rend compte alors, qu'en se brisant,
Le coeur recrée, avec une fidélité savante,

Les premiers nuages échappés de l'encensoir cachant le bonheur :
Le son de ses cils adorés se fermant sur un baiser.

Et nous, qui le croyions endormi.
Mort d'ennui. Aveugle et sourd!

C'est en se brisant que le coeur relâche
Les émanations qu'il contenait depuis la première fois.

Depuis le premier regard sur l'écarlate des lèvres
Et l'abandon viril à l'appel de la nature.

On commence à remplir le vide laissé par l'objet de désir.
On remplit le trou de détritus faits des restants des choses de nos vies.

On y jette des chuchotements précieux,
Faits de fragrances naturelles adorées.
Des yeux nocturnes pleins de vigueur.

Enveloppées d'un voile gluant qui suffoque le futur,
Des idées blasphématoires se forment dans notre esprit silencieux et solitaire.
Des idées noires dans le noir des noirs.

C'est dans ce lieu plein de tentations et de possibilités
Que nous nous roulons parterre. Devant nos divinités.

Nus et sans dignité,
Nous sommes prêts à n'importe quelle offrande.

C'est à ces moments
Que l'humanité a dû ressentir le besoin d'inventer
Le bon. L'irréel. Le surréel. Le Père Noël.

N'importe quoi, pour endormir la crise douloureuse
D'une âme sœur disparue ailleurs
Dans la foule anonyme d'une autre vie.

On se met à montrer les dieux d'un index accusateur.
Tant la peine est grande. L'injustice gratuite.
Et l'objet… inestimable.

Ayant construit nos dieux de la boue de nos faiblesses,
Nous regardons avec ahurissement leurs pieds se fondre sous la pluie de
nos pleurs.

Du fond du vide religieux on pleure de l'avoir perdu.
Cet objet de désir qui nous rapprochait tant des cieux.

Cette âme. Cet être, qui par sa valeur charnelle très terrestre,
Nous avait fait goûter aux recettes vaporeuses et translucides des dieux.

Comme un vieil abbé, découragé de savoir
Que les enfants innocents meurent,

On se plie devant notre Christ de bois et d'ivoire
Pendu et enfumé sous le plafond du coeur d'une église de campagne.

C'est à ce moment précis,
Que l'on invente ce qui nous sauvera… le mal.
C'est à ce moment-là

Que l'on répète à notre tour l'infâme serment faustien
À quiconque nous la remettra dans notre vie.

C'est alors, que, toujours et malheureusement seul,
Sous la voûte sacrée et loin des parfums païens proustiens
Qui l'avaient mise dans nos bras,

C'est alors, que revenant à nos esprits,
On quitte, comme le Christ de Vigny,
Ce lieu plein de grincements et de vieilles pierres muettes.

On frôle coupablement les murs froids… et on sort.

Dehors, dans l'univers des choses,
On se nourrit d'échos du passé.

Un beau papillon noir zigzague dans la syntaxe solaire.
On commence à remplir le vide corporel de conditionnel et de suppositions.

On aurait dû. On aurait pu.

Et on commence à enduire de mots, rien que de mots,
La plaie venue des stigmates de l'amour.

DANS LA CONFISERIE DES DIEUX

Entrant dans la confiserie,
On remarque, à gauche, notre sucrerie favorite.

À notre insu,
Elle nous attendait depuis longtemps sur son étagère de verre.

Nous en avions presque oublié son goût aigre-doux
Qui faisait gratter la gorge et laissait sur nos lèvres
Les restants d'une joie très terrestre.

En se précipitant vers l'intérieur, on s'arrête.
À droite, un bel étalage de chocolat.

Celui que l'on connaît depuis notre première communion.
Depuis nos premiers moments de conscience du bien et du mal.

De nos premiers élans
Dans la gourmandise des choses qui nous entourent.

Dans son emballage de coco marron rougeâtre
Se cache l'élixir intoxicant.

Celui qui offre à l'homme
Une vision virile de son immortalité.

———————————————————

Tout après, parmi la boiserie riche des murs,
On est pris par une odeur. Non, une émanation.

Un relent du terroir
Qui nous rappelle une kermesse sous le soleil d'un été d'enfance.

Cet été, dans lequel tourbillonne
Encore une fillette en robe à fleurs.

L'odeur de l'appel au goûter des choses,
Différentes et cachées, aux yeux d'un petit garçon.

Au milieu de cette splendide tentation des sens et du corps,
On apprend que les premiers soubresauts de la sensualité de la jeunesse
N'étaient qu'un avant-goût de ceux du futur.

Un chuchotement faustien
Se laisse entendre à travers la porte de la confiserie.

Il y avait longtemps
Que nous n'avions passé devant ce lieu.

Nous cachions notre regard
D'une main bourgeoise. Pudique et raisonnable.

Nous vivions, comme les autres mortels,
Dans la certitude que certains bonheurs
Sont réservés aux divinités,

Qui, elles se pâment
Parmi les règles établies pour elles-mêmes.

Nous apprenons, alors,
Que nous sommes entrés par hasard
Dans cette confiserie réservée aux dieux.

Deux êtres, très humains, au ventre vide,
Sont maintenant dans le sanctuaire des heureux.

Sans trop savoir comment,
Mais sachant très bien pourquoi.
C'est-à-dire, pour connaître l'extase ultime.

Entourés de tous ces objets de désir,
On perd toute lucidité. On se laisse volontiers envelopper
Par un besoin animal. Esclave du momentané.

Les doigts touchent tout ce qu'ils convoitent.
Les lèvres mordillent tout ce qu'elles touchent.

C'est à ce moment que l'on espère mourir.
Rassasiés au milieu de cette généreuse richesse sucrée.

Et l'on meurt.
Avec comme dernière image terrestre,
Les derniers cristaux fondants

De notre premier bonbon de notre jeunesse
Devant nos yeux de petit garçon.

Alors, on parle d'existentialisme?

PUDEUR ET PASSION

Une certaine pudeur de tempérament.
Une retenue de l'âme.
Ne voulant pas la voir éparpillée.

Comme si elle savait, comme si elle craignait.
Comme si elle était consciente
Du danger de se laisser aller.

Comme si une voix protectrice lui avait dit,
Bien à l'avance du baiser,
Que cela serait tout ou rien.

Une lubricité extraordinaire à sauvegarder:
Pour son amour propre, pour sa dignité.
Tant le danger de ne pas vouloir se contrôler était grave.

En la regardant dans les yeux: à quelques centimètres,
En la tenant dans les bras,
En se sentant serré contre sa poitrine,
En la voyant lui faire confiance…
…pour la première fois.
Et puis se laissant aller devant son regard stupéfié.

À ce moment, rempli de la chaleur que l'on trouve
Dans les chuchotements de l'ombre des rideaux.
À ce moment, il a appris l'intensité cachée de ses désirs.

Et la fragilité, représentée par la beauté nerveuse et épanouie,
Des ailes ouvertes du papillon… sous le soleil.

PAPILLON NOIR

Papillon noir,
Au rendez-vous des rires des dieux,
Existaient deux êtres qui se sont dit des riens, bien humains.

Les dieux, eux, qui ne connaissent rien du temps précieux des mortels,
S'ennuyaient de ces deux vies qui évoluaient en parallèle.

Le quotidien somnolant et vieillissant dominait l'une.
Et le futur jeune et nubile, l'autre.

« Pourquoi ne pas y introduire une fièvre faustienne, » se sont-ils dit?
« Pourquoi pas ne pas y ajouter des mesures à NOTRE mesure.
C'est-à-dire : surhumaines. Inhumaines? »

« Ces deux êtres connaîtront l'amour des dieux.
L'amour intouchable.
L'amour qui brûlera leur corps d'une source invisible. »

« On leur fera voir le corps promis.
Et comme un Moïse déluré et délirant de sa vision, ils resteront frustrés.
Ils détourneront leur regard envieux et leur coeur vide de ce qu'ils aiment.

D'un énorme nuage descend une cadence musicale.
Des paroles, celles-ci, de la langue qui le submerge,
La langue qui avait connu ses rites de passages:

« I want to kiss you all over... and over again. »

L'amour qui arrive sans qu'on le cherche.
Celui des mots dits au hasard d'un regard négligemment lancé:
« C'est vous la Française? »

Et puis... c'est la descente dans les choses disparues il y a longtemps au fond
des poches du passé.

Papillon noir,
Que l'on voit se poser sur l'autre côté d'une table froide d'une cantine pleine
d'angoisses frigides et fatiguées.

Les emplois du temps à suivre.
Les factures d'assurances médicales à payer.
Les visites prévues chez le docteur pour arrêter la décrépitude.

Et parmi tout ce détritus journalier,

Son papillon noir se pose sur sa vie

« I want to kiss you all over… and over again. »

Elle, elle a maintenant le poids de tout ce qui est beau et valable.
De tout ce qui est durable. De tout ce qui compte sur terre.

Tandis que cet animal diminutif et fragile représente,
Maintenant et pour toujours, ce que l'on ne peut,
Et ce que l'on ne doit apparemment pas avoir dans la vie :
Le bonheur faustien sur terre.

Le bonheur de celui qui se réveille trop tard aux attraits terrestres.
Le bonheur de celui qui, comme un énorme Gulliver bêta,
Se trouve attaché par les cordes de la culpabilité.

Alors que tout autour de lui, sur cette plage nue et sauvage,
L'appel à la vie lui crie dans les oreilles.

« I want to kiss you all over… and over again. »

Son coeur irréligieux sait maintenant ce que l'abstinence demande de nous tous.
Avec un regard de surprise agnostique,
Il comprend mieux maintenant
Ceux qui vivent en Dieu et pour Dieu.

Il sait, mieux que tous ces hommes et femmes
Qui vivent parmi les choses
Qui se veulent décentes et bonnes,

Il sait, ce que c'est de défendre au corps ce que le corps revendique.
Il sait ce que sait de voir. De toucher. De remplir ses narines
De ce qui le met le plus proche du vrai bonheur éternel.
Et de lui dire: « Adieu. »

« Adieu? »… Il ne la veut pas dans les bras d'un dieu.
« Je veux la reprendre à ces dieux qui ont tout, se dit-il.
Et comme Sisyphe, j'oserai me battre contre eux. »

« I want to kiss you all over… and over again. »

…Qui joue encore et toujours dans ses oreilles.
Qui bourdonne encore des premiers sons de leur première rencontre:

« C'est vous la Française? »
Il avait ressenti les battements de ses ailes

Bien avant de la sentir trembler dans ses bras.

Trempant ses lèvres dans un café horrible,
Il se donnait une contenance pour observer ses doigts fins
Qui semblaient trop précieux pour retenir entre eux de quelconques tranches
de pain.

C'est alors qu'elle regardait ailleurs qu'il put s'apercevoir
Que le rouge écarlate de ses lèvres avait commencé
À brûler son âme bien avant son regard.

Ce papillon noir lui semblait plein de fragilité sensuelle.
Et alors que la vie du papillon se compte en heures,
Il ne savait pas que leurs heures étaient déjà comptées.

Il s'aperçoit aujourd'hui, que c'est lui,
Cet animal éphémère et fragile, comme sa beauté poudreuse,
C'est lui, qui lui survivrait.

Et lui, qui offrirait à ceux qui passeraient négligemment sa tombe
Les images rougies par la passion dont il fut témoin.
Cette même passion qui brûlera ses ailes noires encore mouillées de leurs ébats.

Ce bel animal plein de mutisme nerveux
Se posera sur les flaques de nectar corporel au goût salé.

Il mourra dans un battement d'ailes,
Qui, d'une grâce naturelle et sans complexe,
Déclarera, gentiment, qu'ils se sont aimés.

« I want to kiss you all over… and over again. »

Leurs vies ensembles resteront pour toujours à l'état soyeux et innocent du cocon.
Forme jaune, pleine de possibilités et de surprises.

Le tout, à l'image éternelle des choses du cœur
Qui se cachent sous les sous-entendus des amoureux :

Le sensuel concret du touché,
Se révélant d'abord par l'électricité d'un coup d'œil.
La plénitude intime sensuelle,
Se laissant entendre par la force d'une étreinte encore chaste.

Combien de fois avait-il machinalement discuté du dilemme cornélien !
Chimène et Rodrigue étaient devenus, dans son cœur académique, des figures
de papier mâché.

Des caricatures exagérées.
Des gens qui ne savaient pas prendre le bonheur à pleines mains.

Et le boire. Le boire.

Qui étaient ces êtres qui ne savaient pas goûter au bonheur?
Pourquoi ces artifices de leur conscience
S'imposeraient-ils maintenant sur eux, simples mortels?

C'est alors qu'il s'entendit dire, avec ahurissement,
Pour se défendre. Pour la défendre. Pour les défendre:

« Ce qui me rend digne de toi, EST ce qui me force à refuser ton amour. »

La littérature avait une fois de plus envahi sa réalité.

« I want to kiss you all over… and over again. »

…Qui disparaît parmi le bruit ambiant de sa conscience.

PARFUMS PROUSTIENS

Entre Tristan et Iseut

Moment inattendu : transporté dans un futur dont Proust, lui-même,
Reconnaîtrait si bien l'ardeur, la passion.

L'éternel éphémère reconstruit par le hasard d'un geste dans le temps.

Loin d'une tisane religieusement et sagement bue,
Dans la tranquillité d'une cuisine maternelle.

Les doigts crispés sur un volant.
Attentif aux ombres hallucinantes
Qu'il croyait voir s'animer et sortir de derrière les arbustes éclairés des phares.

Il porta machinalement son index droit à ses narines.

C'était comme si son corps voulait le faire rappeler,
Malgré lui, sans lui, hors de lui, son parfum, son odeur.

Il avait oublié que sa main l'avait tenue contre lui.
Mais ses doigts, eux, se souvenaient d'elle.

Ce sont eux qui la faisaient revenir devant lui.
Sortant et sortie du noir campagnard et des champs isolés de cette route
hypnotique.

Elle lui parvint, vivante. Droit de ses souvenirs.
De sa chair qu'il crispait sur ce volant inerte et maintenant sans intérêt.

C'étaient ces doigts qui avaient effleuré son corps rendu nu par sa robe
échancrée.
Il se souvint alors qu'il n'avait plus fait ce geste depuis longtemps.

C'était celui de vouloir recréer une présence féminine
Existant dans l'étonnement du moment.
Une femme existant dans la surprise d'une passion oubliée.

Loin de l'asphyxie de l'atmosphère inerte de l'acte répété.
Du journalier. De l'acquis. Du connu de nos vies.

Une femme n'existant que dans le temps révolu:
Vaporeux et vaporeuse. Sans substance et sans retour.

De l'ordinaire de ce geste ressorti une alchimie riche et privilégiée.

Une alchimie rendue précieuse par le hasard des formules perdues
Dans le hasard des mélanges faits au milieu des nuits.

Une alchimie d'autant plus puissante et irrésistible
Que l'irrationnel y régnait. Sans honte. Sans religion. Sans culpabilité.

Un monde rendu dangereux par son amour du moment sans lendemain.

Il connaissait pourtant très bien ce parfum.
Il n'aurait pas dû y avoir de surprise. Et pourtant, voilà.

En conduisant, il passa les doigts près des narines.
Geste quelque peu animal. Réaction primitive.
Comme pour en déterminer sa valeur fertile.

Il aurait dû en avoir honte; mais n'en eut pas le temps.

Tout un éventail de sensations s'ouvra.
Les moindres détails de la soirée ressortissent de ses entrailles.

Tous… encore chauds.
Fumant encore de la passion qui les avait enfantés.
Pour s'afficher sur la froideur du pare-brise.

Il en eut presque mal.

La sorcellerie magique de son parfum
Avait cette fois-ci donné vie à des souvenirs libres du temps et de l'espace.

Essence de pétales aromatiques et solaires.
Glorieuse synesthésie de la chaleur corporelle se révélant en un bouquet charnel.

Ce mélange avait acquis une valeur inestimable.
Celui des potions médiévales
Qui mènent, en même temps, à la ruine et au bonheur.

Quelle saveur! Quel délice! Quel nectar!

Ce parfum pouvait, à lui seul, refaire dans le temps
Ce que rien d'autre n'aurait pu…
…la remettre dans ses bras.

SE VOIR ÊTRE AIMÉ

Il se voyait aimé. Il se voyait être aimé.

Un regard noir. Une sorte de moue classique.
Un état entre l'extase et la douleur.

Une grimace d'amour,
Qui cherchait à comprendre ce qu'elle se ressentait.
Qui semblait se demander ce que son corps demandait d'elle.

Qui cherchait à travers son regard, lui-même plein de questions,
Des réponses à ses questions.

A petits coups de tête, de gauche à droite,
Avec des yeux pourtant fixes,
Elle le possédait de son regard.

Il s'en ressentait intimidé. Comme s'il lisait sa propre virilité dans ses yeux.

Une agressivité étonnante et masculine chez elle,
Répondait, chez lui, à sa confusion initiale.

L'amour avait conquis tous les obstacles que la société lui avait imposés.

Un état de grâce se mélangeait, dans l'alchimie des sens, à un état charnel.

Sous ce regard interrogateur et surprenant,
Il se ressentait une nudité d'âme.

Celle que l'on ne connaît
Que certaines fois privilégiées durant notre existence.

Celle de la première fois.
Celle qui nous fait envoyer les mains sur les yeux.

De peur de ce que l'on voit. De peur de ce que l'on va voir.

Celle qui nous fait protéger pudiquement
Nos parties sexuelles de nos mains,

À la manière de ces tableaux de la Renaissance
Nous montrant une Ève sortant du Paradis,
Sachant la vérité trop charnelle des choses.

Ce regard noir et connaisseur
Le mettait face à une nouvelle vérité.

Celle de sa renaissance dans un hédonisme sagement et longtemps endormi.
Et maintenant… réveillé.

C'était l'énorme peur et angoisse bourgeoise,
De ressentir jaillir de nouveau, et de toujours de son corps,
Ce qu'il voulait faire encore pour la première fois.

C'était un regard primaire qu'il observait.
Un regard primordial. Un regard reptilien.

Remontant à ce que nous sommes vraiment
Dans le noir élémentaire de la création,

Quand notre culture, nos bienséances, nos manières,
La patine protectrice dont nous couvrons nos responsabilités,

Nous laissent, nus, face au monde qui nous appelle.
Face au grand appel de la nature.

Couchés. Entrelacés. Mais… malheureusement habillés
Des vêtements qui couvraient leurs corps
Aussi bien que leurs consciences susceptibles,

Incapables de goûter à l'ultime offrande terrestre.

Celle qui nous laisse entrer tranquillement et sans hâte dans les choses.
Celle qui ne connaît rien du temps.
Comme un beau sablier aux formes féminines,

Mais celui-ci sans grains de sable.
Avec les accoutrements physiques du temps,
Mais sans son imposition arbitraire.

Ils se croyaient vraiment hors du temps.

Ça doit être ça le Père Noël. Se sentir dans une éternité
Alors que le moment du départ est proche.

De croire que l'étreinte chaude entre deux êtres
Ne connaîtra pas, ou rien, des lois stellaires.

Et que celles-là ne mourront qu'avec la nôtre.

Que huit du soir n'arrivera jamais.
Que... le devoir disparaîtra dans le brouillard
Des demandes immédiates de l'amour.

Que... par la seule ferveur du moment,
Le moment existera à jamais.

Que le Père Noël dans son innocente splendeur,
Offrira, négligemment et avec insouciance,
Des galettes de désir sans limites:

Des lèvres qui ne sauront rien des rides du temps.

Et puis, se retourner sur soi-même et se trouver seul,
Devant ce lieu précieux et pourtant prosaïque.
Devant cet objet de tous les jours: un divan.

Apprendre trop tard et avec jalousie
Que les seuls restants de ces quelques instants sont trouvés
Dans les plis écrasés d'un coussin qui l'avait retenue.

ENTRE L'AMOUR, LA PASSION ET LE VIDE

Comme des galettes de plaisir, certains moments de la vie se présentent.
Nous cherchons, entre les strates feuilletées, nos parfums favoris.

Des couleurs, comme le bleu-vert limpide de l'innocence des herbes vierges,
Touchées seulement par les baisers timides des dernières lumières des clairs
de lune.

Et celles, viriles et profondes dans leur féminité aux goûts confus
Qui offrent dans le noir les moments cachés de l'extase.

Le bleu-vert du catéchisme de l'enfance est devenu transparent. Inexistant.
Disparu dans un présent rempli d'autres passions.
D'autres moments, plein de frissons rugueux.

La solidité huileuse et tactile des couleurs hédonistes,
A remplacé la limpidité des pastels coulants.

On voit maintenant, dans la grimace du visage que l'on aime,
La peine que l'on inflige.

Sous la transparence du pigment
Se laisse savoir la profondeur des choses.

Sentir l'amitié se transformer en haine.
La chaleur corporelle en froideur mortelle.

Et ne pas pouvoir en accuser les dieux.
L'arbitraire. L'univers. La stupidité. Le destin.
Mais, plutôt le goût des choses faciles et trop terrestres.

Le visage dans le miroir.

Comment justifier dans le noir au-dessus du lit
Ce qui ne se justifie pas?

Comment pardonner à des moments qui ne connaissent rien des choses divines,
La divinité des choses qui font du bien?

Comment, et où chercher la vraie absolution maintenant?
Surtout pas dans l'humidité translucide des yeux qui nous regardent!

L'intensité de la douleur se nourrit de la matière grasse de notre culpabilité.
Des moments charnels arrachés en pièces et au hasard

À des moments propices.

Viande vicieuse. Rendue telle, non pas par les règles sociales;
Mais parce que l'on demande de l'honnête homme:

De l'honnêteté dans ses actions.

Être la cause de cette douleur.
Malhonnêtement, on ferme bien fort les yeux pour éviter ce spectacle.

Sans clous, et sans bois, la crucifixion conjugale et intime se refait.
Se rejoue sur la scène nuptiale agonisante.

Sans appel cette fois-ci au grand juge éternel des grandes peines éternelles.
L'innocent et l'innocence meurent d'une douleur sans signification.
Sans lendemains féconds.

Les mensonges servent tout aussi bien que les clous
À retenir la victime sur sa croix.

Il suffit de déclarer l'innocent coupable
Et s'éloigner en se séchant les mains sanglantes avec un peu de sable.

Il suffit de croire à l'omniprésence du Père Noël.
Il suffit de demander à l'illusion du bonheur immédiat de devenir véridique.

On s'en ressent satisfait. Retournant chez nous pour notre souper.
Ayant vu justice faite.

Égoïsme des plus convenables.
Il permet des nuits de sommeil tranquilles.

Comme un gosse dans une confiserie.
Ayant voulu se remplir les poches.

Ayant voulu à tout à la fois.
Deux fois, avant de sortir.

Courant vers sa maison, après s'être gavé de ces friandises.
De tous ces gâteaux.

Et le dégoût! Dans la rue,
Une fois les mains vides et pâteuses, des excès sucrés.

Un écoeurement nous prend à la gorge.
On essaie de se remettre. On se souvient.

On soupire. On veut aimer. On veut être aimé.
Seule la solitude nous répond,
Sous le regard éternel et morne du dédain.

C'ÉTAIT ROXANE OU BIEN HOXANE?

Roxane, ou bien était-ce Hoxane?
Vie de fille. Et non, fille de vie.

Qu'en ai-je fait?

Blonde soeur d'un ami.
Fille de coïncidence.
Rencontrée au hasard d'un déjeuner

Quelle poussière dans les yeux!

Et pourtant, je l'ai vue.
Mal lu son âme.

Je la vois mieux maintenant.

Je ne l'ai plus.

LA FILLE EN ROBE DE SOIE

Espoirs couverts de soie multicolore,
Ce corps, entre le fluide sculptural,
Et le palpable sinueux.

Pose pleine de réserve sensuelle,
Où on aime lire les tisons de nos secrets personnels,
Derrière la douce complexité du regard.

Objet de désir qui satisfait, jusqu'aux limites de tout,
L'envie de nos yeux se perdant sans fin dans les siens.

Genoux serrés qui tentent le regard
Et sculptent les plis cachés de la chair
Enfouis dans le festin charnel du souvenir.

Entourée de belles pierres murales maghrébines,
Une porcelaine moléculaire, translucide,
Assise parmi la mosaïque turquoise.

Une perle de la couleur du lait de fertilité.

L'exotisme voyeuriste du milieu,
Aux parfums de tropismes orientaux,
Explose dans notre âme amorale sans culpabilité.

Racheté par la beauté naturellement universelle de cette vision
Qui expose dans ce site, aux frissons de privilèges secrets,
Le symbole d'un cadeau ambivalent,
D'une volupté complexe demi-vierge.

*« Henri reconnaissait dans Paquita
la plus riche organisation que la nature
se fût complu à composer pour l'amour, »*

Réflexions sur Honoré de Balzac: La fille aux yeux d'or.

GALATÉE LIBRE

L'amour aurait dû suffire.

Mais l'amour, pour nous autres,
N'a pas la puissance fictive d'une Aphrodite.

Mieux vaut croire au Père Noël.

Dans un grand délire de mensonges
Qu'il se chuchotait depuis trop longtemps,
Il avait cru voir sa jeunesse se réfléchir dans la sienne:

Là, où la décrépitude se cachait,
Parmi la mosaïque des morceaux du moment.

Les beaux mots. Les belles phrases
Formaient un gaz ultra léger intoxiquant,

Faisant oublier la solidité concrète
De la réalité temporelle.

« Quand je me marierai... »

Image futuriste où l'objet indirect
Ne sera pas l'interlocuteur.

Phrase conjuguée à l'indicatif de l'innocence.
Au mode de la jeunesse optimiste,
Et l'heureuse incompréhension de l'impact.

Le théâtre tourne au noir. Les coulisses se vident.
Il sera de plus en plus seul au centre des choses
Qui apprennent à l'ignorer.

Cette femme. Si proche. Si accessible,
Dont il savait tout:

Ce qu'elle mangerait au déjeuner.
La couleur de sa dernière écharpe.

Envieux, maintenant, il se demande tout sur tout:
Qui elle aimera?

Et le nom anonyme
Qu'elle donnera à son enfant.

FLEUR DU PARADIS

Sur le côté chaud de son âme s'était présentée une fleur.
Et, comme toute fleur, elle avait soif de brise tiède,
D'une main protectrice et de caresses savantes et tendres.

Elle lui avait offert, au risque de sa vie,
La fragilité de ses pétales et les choses de son coeur.

Tournant le dos au soleil, il était perdu au milieu de sa splendide beauté.
Il voulait la capter de son regard,
Et arrêter sa présence dans les rayons et dans le temps.

Sur le côté ensoleillé de son âme existait une fleur.
Elle s'y était mise un jour de vent joyeux.

Elle contenait en elle la fraîcheur des choses futures,
La sève de la jeunesse,
Et l'humidité de la vie.

Il croyait égoïstement qu'elle vivait de son admiration,
Alors que ses racines cherchaient le sol riche et solide des choses.

C'est alors qu'il s'aperçu que sa tige se courbait vers la terre.
Elle mourait à l'ombre de sa présence.

C'est en s'éloignant d'elle une dernière fois,
Qu'il la vit briller, là-haut, toute seule.

Et il apprit ce jour-là, finalement, et dans son coeur,
Au son du murmure de son nom sur ses lèvres,

Le prix que demandent les vrais amours.

« J'ai tellement rêvé de toi, que mes bras ont pris l'habitude de serrer ton ombre et de trouver ma poitrine » Robert Desnos

ENTRE L'ARTISTE ET L'INSPIRATION

À la limite temporelle de l'amour

À la limite temporelle de l'amour
On entre dans le monde raréfié d'un choix impossible. Inhumain.

Un choix réservé aux dieux
Qui hantent les entrelignes de la littérature.

C'est le lieu choisi des dramaturges aux vies personnelles mornes et mortes,
Qui nous présentent entre les coulisses des souvenirs de moments de ferveur
à bout de souffle.

C'est le sujet de peintres estropiés et à moitié aveugles
Qui se rappellent, comme hier,

La chaleur frissonnante de la chair féminine rose
Sous les ombres impressionnistes des peupliers.

C'est le thème central d'écrivains maladifs, drogués, abandonnés,
Seuls maintenant dans leur pièce au sixième étage parisien,

Qui nous décrivent encore et toujours les plus beaux moments poétiques de la vie.
Le parfum qu'elle avait.
La façon que ses yeux se fermaient sous le baiser.

C'est donc des morceaux d'irréel dans les recoins de l'esprit
Que l'artiste reconstruit sa vision limpide d'un bonheur sur terre.

Comme celui de la réflexion de l'amour
Dans le regard amoureux de l'être que l'on aime.

De savoir qu'en se réveillant elle sera encore endormie à notre côté.

Qu'ils connaîtront ensemble la joie trop souvent négligée
De faire les courses à dix-huit heures au magasin du coin.

Et puis, on se réveille,
Les doigts dans la boue de la réalité,

À la limite temporelle de l'amour.
Là où l'on demande à l'homme,
Dans toute sa faiblesse, et surtout dans toute sa lâcheté, de choisir.
De choisir, d'un côté de la vie,

Entre la stabilité du quotidien. La décrépitude envahissante.
La solidité du bruit des gens qui passent dans la rue,

Et, de l'autre, ce nuage rafraîchissant mais vaporeux,
De l'impossible. De l'intouchable. De son regard. De ce regard.

C'est alors que la réalité gagne.
Le bonheur devient une fantaisie.
Quelque chose à laquelle nous n'avons pas, ou plus, le droit.

Et l'on se remet à écrire, ou à peindre,
Des choses qui n'existent pas. Ou plus.

Si ce n'est, que dans le coeur de l'artiste,
Et sur la toile d'un musée devant laquelle le touriste passe.

Avec envie. En retenant son souffle.
Voulant lui-même, à son tour, avoir connu
La source de cette inspiration. Maintenant éternelle.

Inspiré du tableau de Vermeer: La Jeune fille à la perle

À LA RECHERCHE DE L'ABSOLU DANS LE TEMPLE DE L'ESPOIR ET DU SOUVENIR

Avec rien que des souvenirs poudreux d'elle.
De ce qui était la plasticité de la chair contre sa chair.

Au lieu de tenir la passion fermement entre les doigts,
Nous cherchons un bonheur vaporeux.
Un absolu qui existera hors d'aujourd'hui.

On espère que le cœur, lui, continuera à saigner.
Signe d'éternité, même dans la douleur.

On cherche l'absolu. On essaie de croire.
Alors, nous entrons avec un coeur agnostique
Dans le temple de l'espoir et du souvenir.

Nous espérons continuer à exister, âme près de son âme.

C'est alors que nous apprenons que l'amour, comme la peine
Ne connaît rien de l'éternité.

On cherche l'absolu et on trouve une place vide à côté de nous.

On veut se souvenir en fouillant dans des boîtes à chaussures pour des photos
blanchies par l'oubli.

On veut que les choses continuent
Et l'on oublie pourtant à travers nos larmes le visage de notre mère.

On veut toucher une fois de plus la passion
Et l'on se rend compte à travers nos peurs
Que le regard de l'objet de désir dans le miroir solitaire est le nôtre.

Alors, dans le temple de l'absolu,
On donne un dernier regard sur l'autel de la solidité.
D'un coeur plein de blasphème et de culpabilité,
Avec des lèvres entrouvertes et envieuses, on sort.

En se retournant on voit l'édifice de l'espoir et du souvenir s'écrouler.
Il s'écroule de nos propres actions.

Ses soubassements affaiblis par notre faiblesse
Face à la peur de la séparation et de la solitude.

Ce merveilleux édifice à son amour et à son nom

Devient maintenant un symbole de notre perte.

Nos yeux se ferment. Ne pouvant plus faire face à la perte de cette précieuse valeur.

On se retourne une fois de plus.
On essaie de crier son nom devant ses tours.

Les vieilles marches montant aux portiques sont écrasées par les pierres temporelles de la réalité.

C'est alors, qu'à travers les larmes et la poussière,
Nous sommes surpris de n'entendre aucun son sortir de notre gorge.

Car dans ce monde froid rempli de responsabilités quotidiennes,
Mêmes les plus grands sanglots, les blessures les plus profondes,

Les visages et souvenirs les plus chers
Sont jetés silencieusement dans les poubelles du passé.

Observant nonchalamment un élégant cygne,
On prie que la mort rédemptrice elle-même soit un absolu.

Lorsque nous nous retrouvons tout à coup dans la réalité
Sur ce banc blanchi par les froids.
Avec le goût salé de nos larmes sur les joues.

On se souvient alors de l'événement nous emmenant sur ce banc:
La solitude.

Nous apprenons une autre vérité.
Nous apprenons pourquoi les amoureux ferment les yeux en s'embrassant.

C'est de façon que leurs corps puissent vivre
Dans l'absolu du moment et s'en souvenir.

Nous apprenons aussi la dure leçon
Que l'absolu, en réalité, vit

Mais malheureusement pour les amoureux,
Dans un vide absolu.

ENTRE L'INSPIRATION ET LE NOIR

Ce sont les dieux et leurs éclairs
Qui mirent feu aux brindilles mortes et sèches
Dans les savanes discrètes et bourgeoises.

Un feu païen dans les entrailles
Qui pousse à l'acte créateur.

Ah!... goûter à pleine bouche
Les fruits vénéneux et bibliques de l'hédonisme.

Et ce sont ces divinités qui nous laissèrent tout seuls
À garder la flamme de l'inspiration
Et de l'empêcher de mourir aux vents de l'oubli.

Ce sont eux qui nous donnèrent le goût du regard
Et la peur de le perdre.

Ce sont eux qui nous donnèrent l'envie de dire
Et la peur de n'avoir plus rien à dire.

Ce sont eux qui nous mirent l'objet de désir dans les bras
Et sa désintégration poudreuse à travers les doigts.

Sentir l'objet précieux se dissoudre devant les yeux.
Ecrire vite, de peur que le moment ne se perde.

Entouré par la peur d'écrire machinalement.

Alors... on touche des doigts les choses venues d'elle.
Effleurement quasi-sensuel qui cherche à reconstruire les hanches.

Ce sont les dieux qui nous donnèrent le goût de l'éternel
Et la disparition des heures d'inspiration.

Ce sont eux qui nous firent goûter
Les restants d'aigreur philosophique de la prise de conscience
Qui nous fit reconnaître, dans le noir d'une nuit pleine de sueur,

Que l'amour seul, l'amour dans sa pureté alchimique
Ne donne pas aux amoureux
Le droit d'aimer. Et ceci, à jamais.

Ce sont ces dieux ennuyés qui nous donnèrent

Le goût de lèvres ouvertes

Et l'horrible sensation de savoir
Que l'étreinte est vouée au temps.

Que les odeurs pleines de sueur devant nous
Feront face aux squelettes blanchis
Qui auront perdu le charnel de la vie.

C'est alors que l'on se décide de ne plus s'aventurer
Dans les espaces vides de demain.

On se laisse tomber sur le sable
Qui brûle déjà la plante des pieds.

On se laisse aller dans le noir
Parmi la blancheur minérale des cristaux.

Se laisser mourir le visage face au soleil.
Entendre, non… écouter le grincement du sable près des oreilles
Qui s'enfoncent dans la matière.

On entend les pleurs d'un oiseau de proie.

Ce sont les derniers soubresauts d'un univers
Qui nous appelle à la vie
Et qui maintenant nous laisse ambivalent.

Juste avant notre mort une panoplie d'images adorées s'offre.
Elles donnaient une raison d'être à notre existence.

Et l'on meurt. Comme l'on s'endort.
Dédaigneux d'un monde où…
L'amour seul, l'amour dans sa pureté alchimique

Ne donne pas aux amoureux
Le droit d'aimer… et à jamais.

Et puis… juste avant notre entrée dans l'éternel bonheur,
On se réveille aux bruits trop quotidiens.

La glue de tous les jours
En choeur grec comme arrière-plan.

On se réveille dans un univers de règles et de rectitudes.

Et on se remet à écrire dans un monde où…

L'amour seul, l'amour dans sa pureté alchimique
Ne donne pas aux amoureux
Le droit d'aimer… et à jamais.

DEUX ÊTRES DANS LA MÊME CHAIR

C'est en regardant dans le miroir, jaloux et voyeur,
Où la précieuse image se reflète,
Que l'on se voit au portique de l'immortalité.

Cette vision, terrestre
Donne une mesure divine à la nature humaine.

Ce moment éphémère, dans la totalité des choses,
Est le seul, le vrai, qui puisse rivaliser avec celui éternel des dieux
arrogants et ignorants de nous.

Une immortalité, celle-ci,
Hors des murs construits à coups de pierres gothiques,

Qui entourent les divinités inventées
Par et pour nos peurs.

Celle qui nous demande de croire
Aux illusions attendrissantes des images de musées.

Celle qui nous offre une satisfaction stupéfiée et stupéfiante
D'un regard sur les choses imagées et imaginaires.

Celle qui nous laisse dormir la nuit
Croyant en un lendemain rempli de choses solides et propres.

Alors que de leur côté,
Les amants orphelins, eux,

Se battent avec les armes que leurs corps,
Et seulement leurs corps, représentent et leur offrent.

D'un effort d'une majesté absurde éclatante,
Pleine de sueur et de soupirs,

L'éphémère de leurs ébats
Se plait à nier l'existence de cet univers aveugle et sourd.

Tout cela, à travers la joie qu'ils voient
Pendant quelques instants dans leurs regards réciproques.

Le monde des choses,
Froid et stérile depuis la première explosion de la substance,

Le monde des choses,
Étalant la beauté scientifique de ses spirales galactiques,

Le monde des choses,
Orgueilleusement fier de sa solidité élémentaire et de son éternité chimique,

Faisant face
À notre fragilité spirituelle et notre mortalité moléculaire,

Ne peut que témoigner,
Dans un silence plein de rage et d'envie,
Du miracle de l'enlacement de ces deux amants.

Car, malgré toute sa puissance
L'univers ne peut pas faire une chose... de deux.

Alors que, c'est en voyant
La réflexion de deux corps dans le miroir,

Que l'on se rend compte qu'il y avait deux êtres
Là... où nous n'en sentions qu'un.

De Pascal à Camus: L'argument des Deux extrêmes rencontre Noces à Tipasa.

L'AMOUR TRIANGULAIRE

Entre les règles du jeu et l'acte gratuit,
Entre le bonheur d'avoir aimé une fois,
Et le faire une seconde fois.

Entre des mots dits sans arrière-pensée,
Et d'autres dits sans y penser,

Entre des serments signés
Et d'autre faits de sous-entendus

Entre tout cela, on cherche le milieu
Illusoire et solitaire.

« Love the one you're with. »

Deux êtres posés sur la géométrie d'un triangle.
Triangle si simple dans la nature. Et dans sa nature.

Forme si logique et sans complexes.
Concept qui se partage facilement en trois parties.
Idée imposée sur le chaos des choses par la lucidité grecque.

Forme qui remplissait si bien
Le besoin d'établir un ordre répétitif et numérique
Dans le temps et dans l'espace.

Forme à qualités égales:
Chaque coin contenant et soutenant en lui-même
Tout ce qu'il lui faut. Ne convoitant rien. Ni personne.

Chaque angle et côté sachant
Où leurs homologues se trouvent.

Ce qu'ils sont. Ce qu'ils font au milieu des choses.
Chacun ayant sa fonction: permettant au tout de se tenir en parfaite harmonie.

« Love the one you're with. »

Jusqu'au jour, où,
Dans la géométrie des choses humaines,

Loin de la stabilité neutre euclidienne,
Une erreur dans la nature de notre nature,
Il y a une imposition. Une super imposition

À cette forme neutre et tranquille.

La condition humaine envahit de ses tentacules
L'ordre solide des choses.

Une interaction incestueuse a lieu
Entre deux univers qui ne devraient ni se connaître, ni se toucher.

À la solidité géométrique des choses inertes
On ose ajouter la fragilité des susceptibilités du coeur.

La folie enfantine de croire à l'impossible.
De ne vouloir que des sucreries de la vie.

De ne pas se trouver forcé à choisir entre ce qui est correcte,
Et ce qui l'est moins.

Un déséquilibre géométrique et émotionnel se développe.
Surprise, la nature essaie de rejeter cette intrusion humaine.

Tout à coup, les angles et les côtés perdent leur innocence.
On se rend compte que l'on donne maintenant
Des coups d'oeil confus sur ces deux formes aimées
Pour ce qu'elles représentent individuellement.

On ne sait plus comment regarder.
Sans regarder. Sans être regardé. Sans être épié.
Les angles et les côtés se découvrent. Ils se voient. S'espionnent.

La distance triangulaire, auparavant stable,
Se remplit maintenant de convoitise de l'Autre.

Et, au lieu de liens inaltérables, reliant les trois parties,
Existent maintenant des rapports en danger d'effritement...

On est face à des rapports se composant
D'amour. De culpabilité. De passion.

D'ingrédients qui ne connaissent rien de la tranquillité de l'âme
Et tout des angoisses humaines.

La structure entière commence à vaciller.
Les lois internes de la nature demandent une décision.

Ce que les hommes et femmes appellent
Le courage et l'intégrité.

Les angles et les côtés tirent maintenant entre eux.
C'est une action hors des lois physiques
Et perdue dans celles humaines.

On demande à la nature de se reconstruire,
De se refaire à notre image. À nos besoins.

Et alors que nous savons instinctivement
Que le triangle aura toujours ses trois parties,

Nous… nous cherchons encore
Ce milieu, toujours illusoire et éternellement vide

Du bonheur circulaire, qui, lui,
Ne voit qu'une femme, où il y en a deux.

« Love the one you're with. »

LES MAINS PLUS OU MOINS SALES

La conscience d'un athée

Se sentant coupable, on essaie de juger.
De justifier la distance entre le bien et le mal.

On entend, parmi et malgré les soupirs devant le visage,
Les restants des échos d'un catéchisme,
Trouvé dans une précieuse église blanche,
Remplie de la chaleur de la jeunesse,
Et pourtant depuis longtemps oublié.

On se réveille entouré des nuages sulfureux
De notre âme morte depuis presque toujours.

Alors que le corps, lui vivant, est si heureux. Si heureux.

Il devient difficile de nier aux doigts
Ce que les doigts revendiquent.

Ce qui, dans la matière gluante, boueuse mais chaude,
Leur donne une raison d'être.

Les joies du moment Imposent des couleurs rougeâtres
Et surtout opaques, sur les taches du péché.

Loin de penser au salut de l'âme,
On pense plutôt à l'énorme équation.

Celle-ci très personnelle et matérielle,
Qui réduit, toutes les valeurs, de tous les lieux,
De tous les temps… à ce regard,
Que l'on peut distinguer dans les rayons
Que laissent passer les rideaux.

À travers des paupières mi-fermées, la chaleur des draps
Devient celle des déserts où la disponibilité est à son aise dans la nudité.

Titubant sur les grains surchauffés des dunes criant de sècheresse,
Les lèvres cherchent l'humidité qui redonne la vie.

Dans le miroir, on ne reconnaît plus cette personne qui fait du mal.
Des voix accusatrices parlent d'un hédonisme sans rédemption.

On se retourne alors vers cet autre tabernacle,
Et l'on répète le Credo des amants:

« Il faut croire que l'Enfer est rempli de gens heureux! »

DUVET D'ANTICIPATION

Près du duvet du bonheur,
Le sourire s'annonce avant qu'on ne le voie.

Le soupir se fait entendre,
Bien avant de quitter sa gorge.

Le futur immédiat, là où se devine sa présence,
Se remplit d'extase réelle et charnelle,
Entourée de ses bras et de son parfum.

On évolue dans une ambivalence,
Entre la bonne conscience du solide et du sage, tactile et moraliste,

Se trouvant derrière les portes
Hermétiques philosophiques des diplômes universitaires.

Et puis, celle où l'on se retrouve, malgré nous.
Celle, fantaisiste et sans bornes de la demi conscience,

Qui ressemble tant aux sources du réveil
Dans le coton chaud matinal.

Région hors des Évangiles. Des gros yeux grondeurs maternels,
Et des remontrances familiales.

C'est en marge des choses
Que se laissent mieux pressentir les choses.

C'est là que l'on voit la douce ondulation de ce duvet,
Sensuellement flexible au souffle imperceptible du plaisir.

Entre la chair ensoleillée et l'ombre rafraîchissante,
Le duvet sert d'intermédiaire.

Il nous permet de connaître
La plus humaine de l'expérience humaine :
L'anticipation.

Entre la chair bronzée par les rayons de la vie,
Et la chevelure baudelairienne où vivent les rêves cachés,
Existe ce duvet des moments à venir.

Heureux, là-haut, c'était comme si les quelques molécules d'air,
Maintenaient la balance de la vie entre la conscience,

Survivant entre les quatre murs de l'existence,
Et l'énormité des gouffres noirs et fertiles du rêve.

Au son de la déclination de mots:
Éternité et immortalité,
S'échappent les cris de peur de l'inconscient.

Un baume de spiritualité envahit les fissures sèches de l'esprit.

Les convictions solides s'effritent,
Devant des dieux contradictoires.

Ceux qui promettent un repos noir et tranquille,
Et pour toujours,

Et d'autres, qui nous tentent
Par un avant-goût humide de la revoir.

Elle était là.
Puis *elle* est partie.

Et maintenant il faut rejoindre les deux bouts.

Les bras font mal de les tenir ouverts.
On n'arrive plus à toucher ces deux concepts.
Petit à petit on laisse tomber les mains.

On regarde, à gauche et à droite.
Au dessus des épaules un tremblement nerveux annonce la défaite.
On lâche tout. Retombant dans le temporel.

Ironiquement, c'est avec les bras sur les hanches
Que la crucifixion commence.

On pleure. On pleure, alors que les clous de la réalité
Entrent dans la chair.

On entend des restants de phrases:
« Ma présence t'a rendu plus spirituel. »

Et, il faut choisir.

Au régime spirituel, le corps mourra.
Mais notre âme se nourrira naturellement de mots,

Et nous donnera, donc, l'espoir de la revoir.

On fait un pari pascalien. On mise sur l'ennemi du rationnel.
Pour un jour. Et pour toujours.

Dans la conviction de pouvoir ressentir,
Une fois de plus sa présence devant nous.

On ferme les yeux,
Niant notre religiosité du solide,
En faveur des vapeurs de l'espoir.

Le pari de l'athée: inspiré par l'argument du Pari *de Pascal.
Et de* La chevelure *de Baudelaire.*

LA REGARDANT DE MOINS EN MOINS DANS LES YEUX

Des mots, de belles choses.
Toujours enduits de cette ambivalence
Entre l'intonation de fillette
Et l'agressivité d'une femme.

Il sentait son regard sur lui.
Ayant pu facilement y puiser,
Y trouver une énergie d'antan, lyrique.

Ce regard, comme depuis toujours
Brûlant, tactile.
Et pourtant hors des choses.

C'était sur les pierres grises
D'une maigre jetée qui se refusait de flotter
Qu'il choisit au lieu et obstinément de donner son regard.

Il lui vint à l'esprit qu'il n'osait plus
Se laisser tomber en elle.

Suicide Titanesque
Puisqu'il refusait à son corps
Ce qu'elle lui offrait d'inspiration.

En fermant son regard au sien
Il croyait éviter le pire et la peine.

Jusqu'au moment où il rouvrit les yeux…
…et elle n'était plus là.

CAFÉ FEMME

Ah!... « C'est donc un café femme que vous voulez? »
Me dit la voix virile de la serveuse.

Entouré de femmes dans ce restaurant tenu par des femmes.
Étais-je admis à leur solidarité?
Timidement: « Oui, un café femme. »

Ayant dévoilé la dualité de mon origine,
À travers quelques mots d'anglais à table.

« Un café femme, donc, pour Monsieur. »

Les femmes de ce café n'en buvaient-elles pas?
Je n'ai pas osé demander.

Ce 'café femme' dit certaines vérités.

Il se présente sous forme sérieuse et noire.
Il se définit par ce qu'il n'est pas… ce qu'il n'est plus.
Ce qu'il se refuse de ne plus être:

Soumis ou passif.
Plutôt, uniformément fort.

Il existe encore sous les traits d'une serveuse de café.

« Ah!... C'est donc un café femme que vous voulez? »

On est remis à sa place par la franchise de la remarque.
Les préjugés et les stéréotypes vous passent devant les yeux.

On les reconnaît dans l'arôme du café.
Dans sa substance sucrée et râpeuse sur la langue.

Mais tout avait été joué quand ma masculinité
S'était dissoute devant ce regard noir.
Ces cheveux à la garçonne.

D'une femme et d'un café qui remettent les choses,
Là où elles doivent être… où elles auraient toujours dû être.

Cette tasse de café était révélatrice.
Elle contenait le besoin de comprendre
L'iniquité de la genèse de cette expression.

L'arrivée espérée, un jour futur,
Dans une glorieuse et innocente ambivalence,

Où les différents goûts seront purement personnels.
Et non pas associés à notre sexe.

Un Manifeste féministe caféïné

EST-CE QU'ELLE AIME LES PAPILLONS?

Une dizaine d'années, a-t-elle.
Dans une boutique à cadeaux.

Et, elle prend le contrôle d'un morceau précieux de sa vie.
« Est-ce que je peux vous aider? » D'une voix assurée.

Une si solide présence, d'une telle jeunesse!

Boulevardier qu'il est! Il est allé partout.
Boulevardier. Continental.

La féminité: précoce ou autre,
Tous des objets qu'il connaît très bien.

Malgré tout cela, il marmonne.
Il marmonne quelque chose à propos de... papillons.

Toute une série de questions splendidement innocentes
Et pourtant très sérieuses:

Comme lui avait été dit par sa grand-mère tout proche:
« Alors, sois bien sûre de demander ce que veut le client... »

Des clarifications et des raisons.
Elles semblaient toutes des intrusions maladroites.
Dans sa vie. Dans sa conscience.

Dualité et contradiction,
Entre la voix symboliquement pure et innocente,
Et le but sérieux du cadeau,

Sa lourde valeur morale, le visage d'un ange,
Et son dynamisme commercial.

Il aurait voulu s'évader du magasin.

Sous le charme,
Il décrit l'animal idéal.

La matière. L'emplacement éventuel:
Un papillon noir. Pour accrocher.
Pour attacher. Pour coller.

Un folio de papillons aux ailes de soie apparaît:
Tailles et couleurs variées. Tous précieux à son regard.

Ébloui, agité, muet,
Face au verbiage de cette jeunesse.

Elle semble reconnaître qu'il le voit.

Sans préavis, elle demande:
« Est-ce qu'*elle* aime les papillons? »

Comment le sait-elle?
Que sait-elle?

Sa seule réponse:
« C'est un papillon! »

Derrière le comptoir,
La petite fille emballe la soie colorée,

Alors que la conscience du client
Lui fait voir, chez elle, un sourire savant.

MOURIR AVEC DU DISCO

Je veux mourir avec du disco remplissant ma chambre.
Faisant frémir les tubes anti-mort dans mes narines.
Donnant une impulsion organique aux liquides inorganiques.

Des paroles du moment et de gratification instantanée,
Alors qu'il ne me reste que quelques minutes de vie.

Images giratoires tortueuses sur des parterres en bois,
Alors qu'une immobilité éternelle m'envahit.

Aucun concept du temps alors que la nuit est jeune,
Ayant entendu un chuchotement que cela serait ma dernière.

Globes de verre tournoyant et danseuses en cage,
Corps nubiles et jeunesse éternelle.
Visions de la plasticité de la chair,
Face à mes lèvres sèches.

Boum-boum... boum-boum,
Que les vibrations primordiales remplacent les battements mourants de mon
coeur.

Boum-boum... boum-boum,
Que les vagues de sons donnent aux draps blancs stériles,
L'aspect d'une lubricité cachée.

Décadence complète et serments faustiens.
Destruction de l'âme et départ sans retour.
Rien à perdre. N'ayant rien à gagner.
Et pourtant... espérant que Saint-Pierre soit un boulevardier.

Alors que je ferme les yeux... je pourrais jurer que j'aperçois un balancement,
Sous l'uniforme blanc de l'infirmière de garde.

Ayant sur mes lèvres un certain rictus, inexplicable et énigmatique,
Que j'emmène à ma tombe.

VOYEURISME INTELLECTUEL

La dentelle du bonheur

Entre la chair lisse et le tissu soyeux
Se voit la dentelle du bonheur.

Entre la pose innocemment négligée et les reins
Se voit l'objet défendu.

Entre une remarque ambiguë dite au hasard
Et un rire féminin viril se laisse entendre
Une lubricité doublement aimée et aimante.

Entre la peau et la dentelle
Existe le besoin du présent.

Et c'est dans ce présent que l'on commence
À entendre des bruits qui refroidissent.

On commence à mettre
Les moments nuptiaux dans les valises.

En regardant par le hublot
On voit la terre qui ramène à la réalité.
Celle qui vit dans le temps et l'espace.

C'est alors qu'un soupir
Incontrôlable et faustien sort des lèvres.

Ne pas avoir le monopole de ce que l'on convoite.
Être jaloux de ne pas, ou plus avoir le temps.
La seule chose que l'univers lui-même ne puisse pas ignorer:
Le temps… et sa disparition.

Être condamné à un voyeurisme intellectuel.
Voir l'humidité de l'objet de désir et en mourir de soif.

Voir l'objet doublement aimé et doublement touché
Et lui ouvrir la portière du départ,
Avec un sourire givré et le coeur plein de regrets.

Goûter encore et toujours au nectar
Des choses qui coulaient. Et en perdre le souffle.

Non pas parce que l'on meurt.

Non pas parce que les molécules ne vibrent plus.

Non pas parce que le corps n'en veut plus.
Mais parce que le temps le veut ainsi.

Et savoir que le futur
Ne sera jamais meilleur que maintenant.

Envoyer des regards furtifs vers demain
Et n'y voir que la poussière déshydratée
De la lubricité que l'on tient dans les bras.

Savoir que l'horrible horloge mène au refroidissement des choses et du corps.
Et savoir que, malgré la passion encore jeune d'un regard vieux,

Ce sera le retour à la tranquillité platonique.
À la première étreinte, encore chaste et tremblante.

Ah!... Comment oublier cette injustice
Qui est, que seuls les grandes figures de l'histoire,
Seules les grandes âmes morales, malgré leur immoralité,
Semblent avoir le droit de connaître les grands amours!

Être envieux des moments prosaïques de gens prosaïques.
Vouloir connaître la routine des choses bourgeoises.

Comme se regarder d'un regard triomphant,
Avec des yeux pleins de sommeil, au réveil fertile,
Entrelacés dans l'éternité des draps du moment.

Au fil des journées qui se noient dans le temps,
Voir un peu partout les symboles des choses qui rappellent la jeunesse :

Comme un repli du pantalon
Qui annonce la forme ronde d'un secret.

Entre la chaise et le bureau
Se révèle une vision naturelle et nubile.

Comme ces femmes primordiales des documentaires exotiques
Pliées à leurs tâches. Posées sur leurs talons.

Touchant inconsciemment leur intime beauté,
En faisant la soupe quotidienne.

Entre les hanches et les reins

Existe le voyeurisme du duvet corporel privilégié.

Dédoublement de l'être et de la vision. Voyeurisme échappatoire
Qui, tout à coup, se retrouve dans la réalité du moment:

Appuyé contre un tableau de salle de classe.
Ou bien devant l'écran bête d'un ordinateur.
Lisant sans conviction la consigne inféconde de la journée.

Toutes ces choses vides d'une vie remplie d'échos passés.
C'est alors que l'esprit se rue vers l'impossible.

Entre la peau et la dentelle existent des idées.
Sans sagesse. Sans retenue. Essoufflées et essoufflant.

Il ne restera alors, dans ce futur glacial qui fait si peur,
Que de splendides souvenirs.

Et la ferme vérité, que, d'avoir été aimé,
Nous permet de faire face à la mort
Sans même daigner regarder celle-ci en face.

(À droite) À New York, septembre 1959, après ma descente du bateau, Le Flandre quelques heures plus tôt. Mes parents allaient arriver en octobre, mais ils voulaient que je commence mes cours sans retard aux Etats-Unis. Donc, je fus envoyé, tout seul, à l'âge de treize ans et demi, de Marseille à New York en passant chez mes cousins à Paris, ville que je voyais pour la première fois. À la table d'immigration je me suis rendu compte que j'avais emballé les rayons X de mes poumons dans la valise qui était déjà sur le quai. De sorte que mes premiers pas sur le sol américain furent au bras d'un policier devant le regard confus de ma famille à qui on a recommandé d'attendre.
(Collection Jean-Yves Solinga)

(À gauche) Ruines romaines, de Volubilis, du troisième siècle av. J.C., près de Fez, au Maroc. À remarquer les cigognes qui hivernent au Maghreb.
(Collection de Jean-Yves Solinga)

CHAPITRE 3

MULTIPLES RÉALITÉS

Les multiples réalités se trouvent à l'intersection des rêves et du réveil: « Se réveiller à côté du soleil, » « de la lune et des étoiles,» « Une pierre dans le désert, » « Il était une fois... un papillon. » Ces vers analysent les conséquences et le procédé des décisions que l'on prend. Ils explorent la frontière entre la moralité de tous les jours et l'abandonnement à la fantaisie, à la gratuité.

C'est le milieu où les choses ne sont plus ce qu'elles sont, ou plutôt, ce que l'on voudrait qu'elles soient: « Mirages assoiffés, » « Meursault ou Faust, » « Du sable, » « de l'oasis et du bonheur. » C'est l'endroit où une pathologie du besoin d'être heureux nous amène à des recoins pas très beaux de notre âme: « Mauvaise conscience, » Rêverie. » C'est un monde où l'on demande trop de certains d'entre nous qui ne veulent que connaître la tranquillité commune de l'humanité commune: « Marie Madeleine, » « Sainteté laïque. »

« Pour un art et un artiste sans but » exemplifie ce qui fait travaillé l'artiste: le lieu commun, qui est l'art qui ressort de l'effort d'essayer d'arrêter le temps dans le temps. Car dans un monde absurde qui l'oublie, il est vrai que l'humanité se fait une image ridiculement grande d'elle-même: « Le moment du dernier regard. » Mais, le résultat est souvent celui d'un acte de générosité collective grâce à ceux qui le verront ou l'entendront.

Ceci est correct et bon: Réflexions *sur l'Olympia de Manet, Entre deux septembres.*

DU SABLE, DE L'OASIS ET DU BONHEUR

Fantaisie solaire

La soif le brûlait, mais plus la passion.
La chaleur l'enveloppait... mais pas la sienne.

À travers la sècheresse, il marchait
Sous le soleil de la banalité du moment.
Il sentait sa vitalité se dissiper dans le sable aride de l'oubli.

Même le liquide de sa lubricité
Ne lui servait que de moyen de survie. Instinctive et bête.

Sa sueur stérile ne servait qu'à des fins solitaires
Sans échos réciproques et sans lendemains pleins de promesses.

Sa peau flétrie par les rayons des années
Ne cherchait que le confort frigide.
Et la frigidité du confort.

Celui de l'ombre noire puritaine.
Sans nuances et sans surprises.

Noir dans lequel on connaît,
D'avance et tranquillement, tous les recoins.

Les quelques oasis qu'il rencontrait
Ne lui offraient plus l'étonnement du regard.

L'eau tiède de leurs puits avait des relents de moisissure.
Un vent mortellement fade essayait de balancer,
Sans conviction, machinalement, les palmiers poudreux.

Tout se faisait vieux sous un soleil ennuyé
Par le rituel vide sous ses yeux.

C'est alors, que du ciel noir de chaleur,
Près du moment fatal où l'on se donne à l'inévitable,
À la mort si douce et tellement attendue,

C'est alors, que des dieux qu'il dédaignait tant,
C'est alors, que l'oasis de son corps lui est apparue.

Une source inépuisable,
D'un liquide précieux aux dieux mêmes, jaillit à ses pieds.

Non pas seulement une eau prosaïque et chimique,
Mais moléculaire, sucrée et sirupeuse.

Complexe et douce.
Celle des élixirs bus à excès les jours de fêtes.

Ceux dont on se souviendra les jours
Trop paisibles de notre vieillesse.

C'est alors que... ses yeux ont revu, ses doigts ont retouché,
Ses lèvres ont remordu, ses narines ont ressenti,
Le bonheur d'anticipation trembler et s'ouvrir devant lui.

Comme un bourdon complètement ivre de pollen,
Il s'est laissé recouvrir de la poudre solennelle et religieuse
Qui entoure jalousement le tabernacle de la sensualité.

Celle réservée aux quelques initiés de l'acte éternel.
Celui qui fait entrer les choisis dans l'immortalité
En entrant dans la chaleur frémissante de l'univers.

Vouloir se perdre dans les émanations et les soupirs.
Connaître une fois de plus le risque du moment.
Jouer éternellement à l'adolescent.

Il était perdu dans le triangle noir
Où la sagesse donne le pas à la passion.
L'abnégation à la ferveur.
Où la passion sort de dessous son voile pudique.

La même ardeur qui attaque le bétail insomniaque
Dans les champs éclairés des étoiles printanières.

L'humanité traverse rarement ces oasis magiques
Qui permettent d'oublier et de repousser
Le néant et la sècheresse du désert.

C'est là que l'on trouve le baume gluant
Qui soulage la plaie causée par l'absurde
Qui nous laisse irrationnellement orphelin parmi les choses.

Au large de l'oasis, les hyènes s'appellent du haut des dunes,
Alors qu'au centre du triangle noir,
Nous nous endormons entourés du parfum de la fécondité.

LA LAVANDE ET LE BONHEUR

Il existe des choses
Mises sous notre regard par l'univers.

Elles nous parlent de ce qui compte:
Le bonheur éphémère.

La couleur des champs de lavande en est une.

La beauté antithétique, sous-entendue,
D'un bleu métallique et doux,
Nous arrête dans notre marche banale, répétitive, sans but.

On se sent irrésistiblement attiré par cette présence irréelle
Contredisant la sècheresse stérile environnante.

On s'approche de cet objet de désir.

En réponse très humaine aux échos visuels,
On veut la contenir, la retenir, la prendre à mains pleines
Et la frotter sous nos narines.

Se sentir rempli par cette substance
Qui nous échappe alors que nous nous en approchons.

Et, comme la Femme adultère de Camus,
C'est toute une cérémonie quasi-sensuelle qui nous attend.

Mais fidèle aux émotions privilégiées de l'expérience des choses terrestres,
Celle-ci disparaît dans le temps et de nos mains tremblantes,

Jusqu'à ce qu'il ne nous en reste
Que la passion de la reconstruire
Et l'espoir d'un bonheur futur de la revoir.

LE BAISER ET LE FIL DE SOIE

Leur baiser était fait
De la substance précieuse et corporelle qui est la soie.

Comme deux bêtes entrelacées une dernière fois
Il existait, entre eux, un restant gluant plein de lendemains.

Et alors que leurs corps se séparaient l'un de l'autre,
Un fil de soie commença à se dérouler entre eux.

Tout cela se passait sur du béton effrité par le froid.
Sur un boulevard rempli de visages sérieux.
De coups d'oeil rapides. De modes cosmopolites et de langues multiples.
De rendez-vous à garder, et de lettres à poster.

Ce n'était qu'un boulevard,
Mais cela aurait pu être un océan.

Leurs regards se suivaient de chaque côté du trottoir.

C'est alors qu'ils sentirent le fil de soie se tendre à casser.
Cette substance religieusement tissée de leurs lèvres se débobinait de son cocon.

La circulation anonyme et urbaine
Ne savait rien de cette soie vivante et organique qui les reliait.

Le cocon perdait sa couverture jaunâtre
Au rythme de leurs coeurs se vidant du regard de l'autre.

Venue de leurs entrailles, cette substance animale
Leur permettait de garder un contact vivant et cellulaire.

La nature avait choisi ce fil apparemment faible, sans prétention physique,
Pour combattre le temps et le moment de la séparation.

La soie luisante du regard se débobinait.
Et, il arriva un moment, où, il n'en resta plus.

Plus de temps. Plus rien qu'un dernier regard.

Un dernier regard à travers les autobus et la foule,
Et... le fil se cassa.

Le fil se cassa, et pour la première fois,
Devint inorganique et stérile.

Cette soie, collante et charnelle
Devint morte et sans futur animal.

Et par sa mort, cette substance
Concrétisa une vérité remplie d'un moralisme
Agnostique. Égoïste. Et hédoniste.

C'est-à-dire que nos corps,
Hors du contact intime réciproque,
Hors de ce qui leur semble leur raison d'être,

Retourneront à leur valeur inorganique et non humaine.
Et, il ne restera que leur désintégration dans le rien des choses.

Nous apprenons aussi, une fois de plus, l'horrible leçon,
Qu'aimer n'est pas nécessairement posséder.

Car en regardant son papillon une dernière fois,
En l'abandonnant au milieu des vagues de foule et de bruit,

_____

Il lui revint à l'esprit,
Que ce n'est qu'en se déroulant de son cocon que le papillon peut prendre son vol.

Toute cette image lui brûlait le cœur
Alors qu'il reprit sa marche en sens opposé,
Avec les restants de soie gluante sur ses lèvres fiévreuses

MIRAGES ASSOIFFÉS

L'amour face à l'inévitable

Se savoir aimé et avoir vu la naissance de l'extase.
En avoir goûté les sueurs primordiales et tactiles.

Et puis, tenir le bonheur entre les doigts humides
Et sentir la vie s'en échapper.

Avoir connu la solidité de la joie.
Et n'en ressentir, à présent, que sa transparence illusoire.

On se rend compte alors
De la magie des dieux malicieux,

De nous abandonner au milieu des trompe l'œil
Semblables aux horizons maghrébins,
Pleins de mirages assoiffés et de faux paradis.

On essaie de courir
Sur le sable poudreux des dunes.

On s'essouffle derrière l'objet de désir
Qui disparaît de l'autre côté de la crête.

Encore moins substantielles
Que les émanations d'une fleur d'hier,

Il ne reste maintenant d'elle
Que le détritus douteux d'une présence.
Une serviette en papier. Un fond de café. Un coussin froissé.

C'est alors que de tout ce qui est laid et stérile
Sort une ténébreuse certitude.

Au centre de nuits sans sommeil et sans paix
Se réveille la prise de conscience de l'inévitable.

Celle qui nous fait déjà regretter le moment,
Dans le moment.

Celle qui nous fait peur du départ
Bien avant le départ.

Et pourtant, malgré la certitude de la peine que nous allons souffrir,
Nous comprenons, comment les premiers chrétiens,

Face aux pires agonies,
Ne purent pas désavouer les choses de leur cœur.

Pas plus que nous,
Face à cette icône très terrestre du bonheur,

Ces perles de joie immédiate. D'espoir sans lendemains.
De certitude agnostique…

Tout cela dans la boue d'ici-bas.

MARIE-MADELEINE

Comme toujours la tendresse et le mal co-existaient.
Et faisaient de leur mieux pour s'ignorer.

Comme toujours sur terre l'Homme avait réussi à juxtaposer
La douleur de vivre au milieu des siens
Sur le salut imminent de la mort libératrice.

Mais c'était surtout la présence de l'énorme obscénité
De l'incongru de la beauté innée des choses naturelles,
Face à la laideur des actions humaines,
Qui devait repousser alors, comme aujourd'hui,
Le regard témoin des moralistes, justes, même si sans foi.

Les brebis enfantaient dans les champs.
Et les oiseaux de proie trouvaient leur nourriture cachée sous un buisson;
Alors que les derniers cris des derniers condamnés se faisaient entendre
entre les coups de marteau.

Comme toujours la vie mortelle des mortels
Suivait son cours au milieu des choses.

Mais alors que l'épervier, en imposant la mort, ne fait que nourrir sa famille;
L'Homme voulait résoudre la question stérile
De la nature exacte des frontières
Entre les empires terrestres et célestes.

C'est donc au milieu des ces dilemmes grandioses
Que j'aime voir cette femme seule, apercevant
Dans les yeux de plus en plus vagues au-dessus d'elle,

J'aime voir cette femme pleurant, ni un dieu, ni un symbole;
Mais plutôt l'homme à côté de qui elle s'était réveillée, il n'y avait que trois jours.

Marie-Madeleine : qui connut la vraie peine.

C'est chez elle qu'il faut voir la vraie valeur salutaire de l'individu dans le temps.

Dans l'esquisse d'un sourire de reconnaissance, malgré la souffrance,
Sur les précieuses lèvres sèches de cet homme.

C'est un regard plein de larmes et d'amour terrestre.
Sans lendemain. Celui de la vraie et seule solidarité des hommes et des femmes.

Entre le bien et le mal, elle choisit le familier.

Entre le bon et le mauvais, elle choisit d'embrasser
La solidité des chevilles ensanglantées et sales de celui qui partageait sa vie.

Et devant la postérité, malgré les intellects savants de choses religieuses,
Malgré les mots soi-disant divins écrits
Et les mensonges diffamatoires sur sa future valeur humaine et féminine,

Elle pleurait avec insouciance celui qui l'avait tenue
Dans ses bras de charpentier, la nuit, loin des autres disciples.

Au pied du bois dur de la crucifixion elle regardait profondément
Dans les yeux doux et de plus en plus distants de l'homme qu'elle aimait.

Une pensée métaphysique lui vint à l'esprit. Pour vite disparaître.
Car ce n'était pas les siècles à venir qui l'intéressaient;
Mais plutôt comment apaiser la douleur qui tord ce beau corps
Dont elle sentait encore la jeune souplesse.

Sa peine et sa déception auraient été d'autant plus grandes
Si elle avait su, alors qu'elle se traînait dans le sable sanglant ;
Si elle avait su, à quel point la postérité allait ignorer
Le plus important drame de ce jour:

C'est-à-dire, la mort terrestre, et pour toujours,
De l'amour de deux amants pris
Dans le cataclysme historique qui leur volera leur identité.

Aurait-t-il passé dans chacun de leur esprit,
Pendant un instant humain, le souhait d'être loin de ce lieu pierreux?

Pour connaître, à la place, l'anonymat tranquille et banal
De l'amour des autres?

D'un passant agnostique… un après-midi en Palestine

MULTIPLES RÉALITÉS

Devant nous, la rectiligne de notre vie.
On se retourne.

Ce qui paraissait inévitable, incontournable et inéluctable,
Ne l'est plus. Ne l'avait jamais été.

Dans l'obscurité de l'arrière-plan des choses et des gens de notre passé,
On distingue des bas-côtés ravinés et délaissés.

Des prairies molles et idylliques.
Des forêts noires et fertiles, pleines d'alchimie.

Ce sont les possibilités abandonnées, aux bifurcations d'hier.

Des moments et des sentiments pleins de promesses
Qui n'existent que dans leurs avenirs avortés.

Et c'est là que l'on se rend compte, malgré la solidité de la tasse de café entre
nos doigts,
De la fragilité élémentaire de notre passé et de notre présent.

De ce que nous croyions connaître et savoir.
Et la prise de conscience de la multiplicité des destins.

Sur cette route rectiligne, nous croisons un visage.
Comme on croise une voiture.
Cette image disparaît petit à petit dans le rétroviseur de la culpabilité.

Juste avant qu'elles ne disparaissent à jamais,
Nous revoyons ses hanches sur la patine du pare-brise des souvenirs.

Ce même visage, ce même sourire, ce même corps.
Ce même regard.

On les croyait - décision sagement prise - tous bien derrière nous.
Et tout à coup, revoilà tout ce passé.
À quelques centimètres de nous, palpitant, chaud et charnel.
Comme la première fois.

« Parfums proustiens » revisités

LE SILENCE : LE VISAGE DE L'ANTI-LYRISME

Ses idées semblaient manquer d'oxygène.
Languissant et mourant orphelines. Il n'en voulait plus.
Les mots - les sentiments - lui donnaient la nausée.

La prose poétique, la symbiose phonétique,
L'architecture en mosaïque des cadences syllabiques,
La douce plasticité des voyelles,

La beauté du moment arrêté dans le moment,
Tout, tout lui semblait à présent vidé de son sens.

Il trouvait quelque chose de faible dans l'effort créateur.
Il en eut honte.

Au lieu de s'appeler, les mots se heurtaient entre eux.
Et alors qu'au passé, dans un mélange glorieux d'images et d'idées,
Une fertilisation magique aurait eu lieu,
Il existait maintenant le dégoût et la peur de s'ouvrir.

Leurs voix semblaient fatiguées.
Elles avaient perdu leurs intonations qui lui plaisaient tant.

Il cherchait vainement des éléments de joie dans leur conversation.
Une note secrète qui, comme auparavant,
Aurait dû lui laisser entendre et attendre le futur.

Il ne trouva que la stérilité neutre d'un mal à l'aise réciproque.
Et à la fin… la peine.

La peine de n'avoir plus rien à dire:
« Je ne sais pas comment terminer cette conversation. »

Fin stérile… envahie de mots mortels.
Phrases bourrées d'adjectifs qui font peur au cœur.
À l'amour. À l'amitié. À demain.

Conversation téléphonique antiseptique.
Ambiance automobiliste: couleur parking.

Atmosphère écrasante de ville sous chaleur d'été.
Métaphore suffocante de leurs derniers moments.

Toutes ses illusions se fondaient sous l'attaque de la réalité.

Leurs mots les éloignaient du bonheur.
Mot par mot. Son par son. Cadence par cadence.

Ses mots qui lui avaient été si précieux auparavant anéantissaient une à une
ses illusions.
Et... seul un rictus bêta lui sorti de la bouche, et puis :
« Je ne sais comment finir cette conversation. »

———————————————————————————————

Il se discerna alors une haine pour ses propres phrases
Éparpillées au hasard des tiroirs. Sur la cellulose blanchie d'hier.

Rapport quasiment physique entre l'esprit, les doigts et l'oeuvre.
Ces objets, ces phonèmes qui concrétisaient si bien
Des états d'âmes fatalement éphémères.

Cette solidité même des mots qui lui avait apporté tant de joie dans le passé.
Les mots... ce jour-là lui faillaient:
« Je ne sais comment finir cette conversation. »

Et pourtant, il avait su s'en servir comme des sortes de pierres lourdes
Jetées dans le liquide temporel pour en faire un obstacle amovible contre l'oubli.

Pierres phonétiques qui devaient raconter,
Par leur masse imposante, bien après sa mort,

Ce qu'il avait entendu. Ce qu'il avait vu.
Ce qu'il avait touché. Ce qui l'avait touché.

C'est cette antithèse fertile, entre la présence physique, tactile du mot sur la page,
Et celle du bruit des âmes qui se frottent affectueusement entre elles,
Que sa prose poétique avait voulu capter.
Celle qui lui faisait peur aujourd'hui.

Il se senti à présent le besoin pervers d'effacer ce qu'il avait dit.
De peur de commencer à y croire. Encore. Ou de nouveau.

Ces mots qui lui avaient permis de vivre dans un univers parallèle.
Les mots. Lieu privilégié. Endroit privé et caché.

Dédoublement des mœurs, paisible et sans complexe,
Où il pouvait, à sa guise, être cet Autre.

Loin des notes à payer. Sourd.
Et, surtout, à l'abri des responsabilités moralisantes sociales.

Face à la conscience éternelle du noir éternel,
L'esprit humain repousse son inévitable silence
À travers des espaces et des efforts pascaliens.

Notre roseau pensant, malgré l'écrasant poids des choses inertes,
Continue à créer:
Une phrase au ton onduleux sur du papier fripé.

Une formule. Une équation. Une idée qui impose de l'ordre sur les choses.
Sur le mur d'une caverne suintante. Sur du papyrus craquant.
Un écran au bleu programmé

La boue s'arrêtera de dégouliner
Sur la façade humide de cette caverne.

De la même manière que l'on arrête sur le papier
Ce que l'on a peur de perdre sur la surface fragile de la pensée.

C'est cela l'ultime et le vrai acte généreux de l'artiste:
De créer, au milieu et malgré l'asphyxie poétique.

À base d'une bile solitaire émotionnelle,
Il crée un testament qui trouvera dans le futur
Une âme soeur qui pleurera en son nom.

ENTRE DEUX SEPTEMBRES

Entre le platonique et le charnel

Entre deux automnes existent deux êtres.
Et entre les deux, il ne reste que leur regard.
Les yeux, le dernier lien quand les mots sont interdits.

Entre le charnel et la raison existe la soif.
La soif de boire dans le visage
Les restants encore humides du dix… d'hier.

Entre deux septembres ont évolué deux âmes.
Elles se sont fertilisées malgré la sècheresse
Des événements mortels et cataclysmiques.

Au milieu d'une cruauté sans rédemption,
Au milieu des choses changées pour tous et pour toujours,

Ils se sont vus et n'ont vu qu'eux.
De petits riens. De petites phrases de leur langue aimée et aimante
Dont ils s'étaient fait un cocon protecteur.

Et dans ce site désertique en amour humain,
Ils se sont tranquillement trouvés entourés
Des fleurs les plus fragiles.

Comme dans ces milieux stériles où une pluie rare
Rappelle à la vie les prodigues fleurs pleines de pollen à leurs devoirs nuptiaux,
Ils auront bu la vie dans le cristal de l'autre.

Comme ces animaux aux yeux doux
Touchent tendrement l'eau tiède des rivières de leurs lèvres
Parmi la tuerie de la savane.

Entre deux septembres il ne reste maintenant que cette table.
Lieu de leur premier regard.

De l'autre côté, elle reste maintenant intouchable.
Protégée par la franchise masculine de son regard
Qui pourtant se laissait posséder.

Entre le platonique et le charnel existe un conte classique
Fait d'êtres malheureusement trop humains et ordinaires.

Un Tristan face à son Iseut

À qui il ne reste que des coups d'oeils furtifs et savants
Qui reconnaissent en l'autre le fruit,
Adoré et odorant, encore et toujours défendu.

Exilés du paradis d'hier, ils se rendent compte
Que le temps les touche maintenant.

La mort commence à roder autour de leur passion.
Se retrouveront-ils, un jour, sous la chaleur provençale?

————————————————————————————

Et alors que tout semblait frigide dans son éternelle frigidité,
Il entendit ses paroles sortir de sa bouche !

Elle répétait par cœur ses propres mots.
Elle avait fait elle ses mots.

Ses idées vivaient à travers son corps.
Ses poumons. Ses lèvres!

Entre le platonique et le charnel
Se trouvent les restants de bonheur.

Ses propres paroles dans sa voix
Étaient devenues le fruit d'une glorieuse sensualité.
Une épiphanie hédoniste. Très humaine.
Agnostique et personnelle.

Elle avait…de sa bouche et des mots à lui,
Conjoint ce qui se croyait décemment être séparé :

Le platonique au charnel.
Le coeur brûlant au ventre tiède.

11 Septembre 2001-2002

SE RÉVEILLER À CÔTÉ DU SOLEIL, DE LA LUNE ET DES ÉTOILES

Fermer les yeux faits de sommeil,
Aux flancs d'un être fait de ferveur.

N'avoir qu'un drap de coton d'Égypte entre les deux.

Se coucher près d'une femme.
Et se réveiller avec des morceaux de mosaïque de l'univers à ses côtés.

Touchant précieusement ce coton
Qui laisse deviner sa chair à travers une blanche translucidité.

Se coucher avec un être humain.
Et se réveiller avec…
Le soleil, la lune et les étoiles.

Des moments qui remettent le paradis sur terre.
Et Dieu de nouveau dans un cœur mort.

Des moments qui ramènent la magie d'un matin de Noël sous son arbre.

Des moments qui rendent l'éphémère éternel et le prosaïque spectaculaire.

Se coucher avec une femme,
Et se réveiller parmi le soleil, la lune et les étoiles,
Qui tournent autour d'elle et de son regard.

De reconnaître le secret des secrets du bonheur,
Dans la réflexion miroitante du noir de la pupille,
Dans l'univers marron foncé de l'iris.

D'y trouver le secret intime des explosions solaires.
Au milieu des rotations stellaires éternelles.

Le plus sombre de l'espace dans le plus sombre du regard,
Le remettant dans l'insignifiance de son rôle parmi l'énormité des choses.

Voyant tout cela depuis sa pose soumise à côté d'elle.

Se coucher avec une femme,
Et se réveiller avec des morceaux de l'univers à ses côtés.

Visions qui redonnent aux pharaons et généraux romains morts
Un nouveau goût de la vie.

Des morceaux de sommeil et de rêves
Se reconstruisent au-dessus des ondulations de son corps.

Au réveil, il se met à construire,
Avec seulement un amalgame lyrique terrestre,
Des rêves sans frontières et des immensités parfaites.

Tout cela alors qu'il essaie de toucher avec des doigts bien humains,
Des morceaux de soleil. La blancheur de la lune. Et le clignotement des étoiles.

Inspiré par Antoine et Cléopâtre *de José Maria de Heredia (1842-1905)*

POUR UN ART ET UN ARTISTE SANS BUT

On jette de plus en plus de regards en arrière:
Pour en distiller la sagesse?
En apprendre une leçon?
En construire une future morale?

Non... on y cherche un moi disparu.
Ce que l'on sait ne plus avoir ici,
Ce que l'on ne savait pas tenir là-bas.

Le but est inaccessible:
Seule reste l'exaltation de la poursuite.

SAINTETÉ LAÏQUE

La sainteté laïque est souvent imposée, par la société,
Sur certains d'entre nous, hors de notre volonté.

À travers la violence corporelle,
À travers la douleur personnelle.

Avec le dernier frisson mourant des organes humains,
Face à la rectitude linéaire du métal militariste, mortel, inerte,
Des pelotons d'exécution.

La présence translucide fragile du Bon,
Opposée à la réalité opaque du Mal.

Cette sainteté séculière a souvent été imposée par les balles.
Le poison politique des jaloux et le métal rougi des inquisitions.

On l'a fait disparaître, sous la terre anonyme,
Des tombes communales des génocides de l'histoire.

Mais la vérité, la morale,
Des pensées de ces saints du quotidien,

De leurs idées, de leurs rêves,
N'ont jamais été touchées, ni mises en question.

Peut être, ignorées et diffamées.
Des fois défendues aux masses.
Déclarées quelque peu sales de corps et d'esprit.

Cette générosité séculière a été stigmatisée et marginalisée.
Cataloguée en tant que dangereuse et hallucinante.

Comme étant membre d'une avant-garde
Se précipitant vers l'abîme et la destruction
Des républiques et du bon goût.

Mais les couteaux, le poison, les flammes,
N'ont jamais pu détruire
Les molécules de vérité immortelle
Contenues dans cette sainteté fragilement humaine.

Ces femmes et hommes qui disent des vérités.
Qui aspirent seulement à une solidarité de la tolérance,

Même si cela demande d'embrasser un Autre un peu gênant.

Comme beaucoup avant lui, John Lennon est devenu saint
Selon la définition quotidienne, pratique et authentique du terme.

Une présence plus grande que l'homme.

Sainteté des rues. Des trottoirs des drogués.
La sainteté des manifestations, parmi les nuages lacrymogènes.

La sainteté qui perd ses vêtements et sa chair
Dans les dents des chiens policiers enragés.

La sainteté qui ne sait rien de sa propre sainteté.
La sainteté qui se moque de sa sainteté.
La sainteté qui ne veut rien d'elle-même.

Comme le Jésus, très humain, du Mont des Oliviers,
Cette sainteté qui refuse de l'être de son vivant:
Préférant, au lieu, l'amitié absente de ses copains.

Au contraire, le saint des rues
Acquiert sa sainteté à travers l'acte de son meurtrier,

Qui affirme, pas son action inhumaine,
L'humanité privilégiée et le symbole de cette personne sacrifiée.

Cet icône qui avait, pourtant,
Récemment, marché, chanté, écrit,
Mangé, vécu et aimé parmi nous.

Comme les canaris des mines
Ils sont les premiers à s'arrêter de chanter.

Ils essaient, par leur mort, de nous avertir de certaines injustices
Qui montent en torrents de boue au-dessus de nos chevilles.

Et nous voilà, debout, incrédules, une fois de plus,
Regardant l'écran de télévision,

Témoignant de la mort du meilleur d'entre nous,
Qui reçoit son titre à travers la brutalité qui lui est infligée.

"Imagine…" John Lennon

DE L'HOMME, DES BÊTES ET DU NÉANT

Donc, nous y voilà. Au centre des choses,
Et bien installés d'ailleurs.

Nous murmurons fièrement notre humanité
À travers un rictus dédaigneux.
Preuve de régurgitation de nos croyances acquises.

Gavés d'images de notre valeur.
Des regards narcissiques langoureux
Sur la beauté de nos actes et de nos réflexions.

Et tout est bien. Tout est à sa place.
Bien au-dessous du niveau humain.

Jusqu'au moment d'un moment quotidien.
Sortant les poubelles.

Dans une des plus froides nuits des nuits froides du Labrador.
La neige faite du bruit de verre brisé.

Les poumons remplis de fléchettes de givre.
Les narines refusant l'air.

Et nulle part le son de la vie.
Où sont les animaux de l'été?
Pourquoi cette culpabilité de les savoir dehors?

Comment expliquer la présence
Injustement obscène et repoussante
De la vie si elle est telle?

Pourquoi la mettre au-dessus de la possibilité
Du repos tranquille et stupéfié de la pierre?

Quelle aurait été la différence essentielle, existentielle,
Si dans les ères du passé, il n'y avait pas eu d'adaptation évolutionnaire
particulière?

Pas de mélange exact des gazes?
Pas d'incroyable expansion bénéfique de l'eau en gelant?
Pas la magie de l'orbite lunaire permettant les marées?

Et si, la Vie n'avait jamais été?

Pas de Monet. Mozart serait mort avant de mourir...
Mais pas de douleurs. Pas de fatigue mortelle.
Personne à le SAVOIR.

Le silence éternel et l'éternel non bonheur.

Pas de légionnaire romain mourant
Alors que ses intestins et la vie quittent son corps
Dans le boue germanique du Rhin.

Nul homme ou femme n'aurait eu à répondre
Aux questions inquisitoriales sans réponse
Avant que le métal rougi ne transperce leur corps.

Nulle humanité ne serait morte
Dans une cellule assombrie du sombre de l'Afrique.

Rien de tout cela. Mais, à leur place,
Un repos tranquillement mort-né.

Les oiseaux n'auraient pas eu à trembler
Sous les restants des feuilles d'automne.

La bête n'aurait pas à courir dans les brindilles gelées
Pour tuer la vie, pour donner vie à sa famille.

Tout aurait été correcte sous un ciel non moléculaire.
Au-dessus d'un monde non organique,

Où n'aurait jamais existé une descendance à base d'acide aminé.
Et tout aurait été bien. Les choses ne sachant rien d'autre.

Il n'existerait que la liberté d'être libre de savoir.
L'injustice, la douleur et l'angoisse auraient eu le même poids

Que l'amour et le bonheur, dans un espace et temps,
Vides des deux.

Albert Camus pensait que la prise de conscience de la vie et de la mort était une sorte de blague jouée à l'humanité par les dieux

LE CUIR ET LA CHAIR

Les vestes semblaient se parler.
Leur cuir grinçait l'un contre l'autre.

Ces peaux animales remplaçaient de leurs gémissements
Les respirations gutturales, mais humaines, des deux êtres entrelacés.

Ces peaux, mortes, rasées et dénaturées
Reprenaient vie à travers les émanations
De la passion des corps qu'elles recouvraient.

Le cuir répondait, avec une nouvelle chaleur presque animée,
Au rite et rythme animal autour de lui.

Le froissement des choses, dans un acte à jamais répété et éternel,
Chuchotait des bruits non verbalisés
Mais universellement compris.

Les deux vestes de cuir avaient retrouvé leur jeunesse
Des champs ouverts au soleil du printemps.

Elles revivaient des moments pleins de lendemains.
Elles étaient encore une fois engorgées de sang.

Et alors que tout cela se passait
Dans un moment frigide, obscur et caché,

Durant quelques instants, ce cuir re-goûta
Le bonheur de l'amour... à jamais...

Tactile, onduleux... soyeux, lisse et frémissant,
De la chair contre la chair.

UNE PIERRE DANS LE DÉSERT

C'est au bout de force et de vie,
Vidées de passés et de lendemains,

Aveuglé par la blancheur venant du rien,
Qu'il tombe dans le sable de poussière stellaire.

Face à lui… une pierre,
Remplie de la mort des espoirs pétrifiés.

Fermement solidifiée dans sa sècheresse de choix refusés.
Aux odeurs repoussantes de la peur et des regrets.

Et il tente un dernier coup d'œil.
Dans sa matérialité se trouve, immobilisée, le total de son existence précédente.

Fermant les yeux, il est vaincu par un désespoir fataliste.
Il voit malgré tout une goutte de sang jaillir des cristaux inorganiques.

Un liquide blanchâtre suinte du minerai stérile.
Des arômes surprenants de champs de lavande et d'explosions florales
s'échappent de la pierre.

Après toutes ces années, après toute cette distance.
Après tout ce silence et ces efforts à blanchir le passé.

La dernière vision, les derniers parfums,
La dernière sensation tactile avant sa mort,

Celles d'étreintes faites de frissons
Celles de visions fertiles de générations à venir
Qui auraient pu être,

Tout se retrouvera dans ce paradis perdu inorganique
Sous la humble forme de cette pierre magique,
Dans le désert de sa vie.

Dix ans après: réflexions sur L'amant *de Marguerite Duras*

RÊVERIE

Il n'y a rien d'égal à un ciel d'un bleu 'sans pitié,'
Selon la remarque d'un annonceur de CBS radio,
Pour y sculpter ce qu'il voulait.

Du haut de la ville,
L'espace devint la pâte à modeler de sa maternelle,
Prenant la forme de ses envies.

Les vides et les rassasiements de sa vie
Semblaient s'être gorgés d'hédonisme
Et de saveur d'égoïsme.

Les manques, les revendications, les besoins,
Se fertilisaient existentiellement,
Donnant lieu à un futur éternel, fécond et heureux.

Sa douce épouse, aux yeux verts des prairies,
Fut diplomatiquement détournée
De toute discussion compliquée ou sérieuse,
Alors qu'elle prenait son petit-déjeuner ce matin-là.

Ses enfants adolescents, bons étudiants et bien polis,
En train de regarder un programme au thème
À la métaphore pastorale et innocente.

Son amie aux yeux noirs, de l'autre palier,
Avait, une fois de plus, sacrifié
Des morceaux de son âme et des tisons de son cœur,
En lui offrant de précieux moments.

La culpabilité et le bonheur avaient appris à coexister
Dans son cœur biologiquement et émotionnellement vieux.

Les brumes morales de son esprit avaient acquis une nuance grise

Mais, peut être… devrait-il faire quelque chose envers
Les personnes qu'il aime… et celles qui lui rendent cet amour ?

Ce que l'on pense de lui. En cas… juste en cas.

C'est quand il regarda, une fois de plus, du côté de son épaule droite

Quittant le bleu artificiel de l'écran de l'ordinateur,
Vers un azur paisible naturel et un échappatoire temporaire,

Pour y voir le nez d'un avion, vis-à-vis de la fenêtre

Embrassez ceux que vous aimez: déconstruction d'un homme très béni et quelque peu défectueux, dans les Twin Towers, le 11 septembre, 2001

RÉFLEXIONS SUR L'*OLYMPIA* DE MANET

Nuances multiples de blancheurs
Se multipliant sur les draps.

Coloré au lithium argenté charnel
Plein de nudité fragile,

Offrant une franchise de corps et de regard.

Scène intermédiaire entre la solidité opaque africaine
Et la frivolité lumineuse européenne.

Restants de touches rosées sanguines du visage.
Sensualité incongrue des courbes
Dans le marbre musclé féminin et viril.

Rêve fantaisiste des moments à venir
Remplis de la pesanteur épaisse orientaliste,

Caché par la fausse pudeur
Du geste d'une main, trahie par le visage.

Voyeurisme heureux et privilégié
Du mariage du primitif amoral aux tabous modernes.

Innocence à l'aise
Au milieu d'une sensualité hors de notre portée

De ce côté bourgeois du portail fermé du Paradis.

LE MOMENT DU DERNIER REGARD

Ses mots formaient une dentelle translucide.
Une dentelle savante où les pleins et les vides se tenaient magiquement
entre eux.

Seul un coeur amoureux pouvait enfanter de tels filigranes.

Ses mots sortaient. Ils glissaient tout tièdes et encore entourés de la glue de la vie.

Ils sortaient presque sans effort. Presque sans contractions. Presque sans peine.

Il enduisait ses moments solitaires de ce baume grammatical.
Et tout était bien.

Il frottait bien fort, dans la plaie causée par son absence,
Avec cette substance lyrique
Qui le guérissait des palpitations douloureuses.

Il y parlait aisément de fantaisies littéraires.
De Père Noël et de grandiose serment faustien.

De parfums proustiens et de reconstructions imagées
Dans quelconques cimetières parisiens.

Et alors que, lui, se sentait à l'aise et fier dans le duvet de ses mots,
Protégé de la réalité par une ivresse artistique égoïste,
Manipulant les antithèses et piochant dans le lexique académique,

Elle, elle ne cherchait que le concret quotidien.
La chaleur humaine. Terrestre.

Celle de la simple solidité d'une étreinte intime,
Alors que la porte viendrait de se fermer derrière eux.

Celle d'une baguette croustillante et chaude.
Celle des aromates symboliquement exotiques d'un couscous.

C'est donc encore avec des mots,
Qu'il essaie, à présent, de reconstruire les instants.

Au milieu de ce lieu où elle n'est pas, où ils ne sont plus,
Il y a des odeurs mortes qui lui rappellent l'antipoésie. Le silence.

L'odeur de la charogne puante
Qui marque la peur du manque d'inspiration.

Des fantaisies perverses, diaboliques, blasphématoires
Appellent à la destruction des pages écrites.

Il ressent une multiplicité d'émotions.
La jalousie. La haine. Un sentiment de stérilité.

Loin de sa source d'inspiration, l'artiste survit parmi ce gaz suffocant.
Espace plein de silence, devant lequel il manipule des lettres sur l'écran.
Touchant le plastique inorganique du clavier.

Il manipule ces mots, comme un adolescent,
Son essence lyrique séminale s'évaporant dans une vallée rose,
Sans rien fertiliser.

Ses pensées risquent de n'être que des taches
Sur un papier épais et riche de cellulose morte.

Il sait maintenant que ce ne sont qu'avec ces mots
Qu'il peut la caresser.

Rimbaud lui vient à l'esprit.
A-t-il eu raison d'arrêter son art?

Mettre fin à la toxicité des idées noires
Qui se fatiguent à essayer de toucher un but inaccessible?

Le bonheur, semble-t-il, se définit par son absence.

Cela nous mène à ce dernier regard.
Cet ultime moment, dernier salut de l'artiste.

Où il espère voir l'objet de désir
Lui offrant la clef à la porte de l'éternel des choses.

Ce moment-là où on pose notre oreille gauche
Sur cette précieuse poitrine où se trouve tout ce qui compte sur terre

C'est alors que l'on reconnaîtra la similarité,
Dans la douceur de ce regard,

Avec celui aimé et protecteur de notre mère
Durant nos fièvres d'enfance.

C'est là que nous acceptons, finalement, la certitude

Que tout ira bien,
Quand nous rendrons à l'univers
Les restants de ce qui lui appartient dans nos poumons.

Ce moment où l'univers se rétrécira à une vision de tunnel.

Ce moment-là, où on verra le visage
De notre mère, notre soeur et de notre amante
Se confondre dans l'étreinte et la chaleur du regard.

Il nous reviendra,
Soudainement, automatiquement, corporellement,
Il nous reviendra à l'esprit une scène de notre jeunesse.

Elle se passe dans le noir d'une chambre à coucher noire.
On ouvre les yeux et on commence à prier.

Pour s'apercevoir, alors, après quelques minutes
Que nous n'avons encore rien dit.

Surpris, on recommence.
C'est là que l'on apprend que le corps, lui-même,
Ne nous permet plus de croire en cette supercherie.

Il nous refuse de parler à Dieu le Père,
Alors que le nôtre, le vrai, la réalité, le mortel,
Se meurt au rythme cancéreux du grincement des ressorts du matelas.

On essaie de prier. Rien.
C'est la fin.

Plus jamais croirons-nous en la tranquillité des choses
Qui se suivent dans une cadence orchestrée et orchestrale.
Never more.

Nous aurons, au lieu, ce sentiment de vivre à côté de choses dangereuses
Qui pourraient nous avaler, comme ça,
Gratuitement, au hasard,
Dans une cacophonie infernale et dissonante.

Il ne reste, alors, à l'artiste, qu'à espérer la présence d'un regard tendre sur
son corps mourant.
Et c'est dans ce monde, sans absolu,
Construit dans ses moments d'arrogance intellectuelle,
Dans ce monde sans référence ex machina,

C'est dans ce monde qu'il croit pour la première fois depuis longtemps.

Et il récite son credo:

« Je crois que les choses sont comme elles sont parce qu'elles le voulaient comme tel.

Malgré la présence de tabous, j'ai toujours aimé la vie.

Je n'ai aucun souvenir de ne pas l'avoir aimée. »

IL ÉTAIT UNE FOIS... UN PAPILLON

Il y a des fois, dans nos vies,
Dans des moments inattendus et privilégiés,

De l'autre côté d'une porte,
De l'autre côté d'une conversation,
De l'autre côté d'une gorgée de café.

Il y a des apparitions,
Si fragiles dans le temps,
Que l'on a peur de les regarder directement.

Comme ces rites païens
Où il est proscrit de poser un regard sur leurs dieux,

De peur de devenir aveugle, de peur d'en savoir trop,
De peur de ne pas en être digne.

Il était donc, une fois, un papillon noir,
Qu'il regardait du coin de l'oeil.

Il lui semblait que son regard même
Aurait pu lui froisser les ailes,
Tant il était éphémèrement beau et transparent.
Comme si le poids de son admiration aurait pu l'écraser.

De l'autre côté de ses paupières fermées
Existe un papillon noir.

Il s'est posé sur la dentelle
Que représentent les pleins et les vides de nos journées.

C'est sur ce tissu de souvenirs en filigranes
Qu'il vit maintenant à l'abri de la pluie destructive des choses temporelles.

Comme un rêve idéaliste
Aux couleurs platoniciennes,
Il lui faut aujourd'hui fermer les yeux pour le voir.

Perdu dans la grotte du souvenir,
Il ne peut distinguer que les ombres pudiques
De ses joies charnelles sur les parois enfumées.

La pure et douce fiction des contes de fées,

Que suit l'index d'un petit garçon
Lisant attentivement sur les grands livres à papier glacé,

Devient, avec les années,
Ironiquement plus réelle et valable,
Que les leçons de sagesse de notre mère.

Et surtout plus solide et intéressante
Que le néant inévitable stellaire
Qui nous attend au coin de la rue.

Les passages qui ne faisaient
Que nous émerveiller dans notre jeunesse,

Les images qui nous permettaient
De nous endormir avec le sourire sur le coeur,

Nous font maintenant pleurer
De leur splendide innocence et possibilités.

Au lieu d'accepter les grincements de dents
Qui peuplent nos vies,

Au lieu de fermer ce livre
Plein de cet irréel et de ces contes,
De faire face à la vie, sérieuse et adulte,

Nous nous rendons compte,
Un jour solitaire, devant une tasse de café solitaire,

Que nous voulons entrer plus que jamais
Dans ce monde dont nous avons été chassés.

Nous voulons évoluer
Dans cet univers d'images et de substances symboliques
Qui nous mettait si proches du paradis terrestre.

Celui de l'enfance
Qui croit encore et toujours au Happy Ending.

Celui-ci, tout à fait gratuit,
Ne demandant que la ferveur de la croyance
En ces représentations d'un héros et d'une héroïne.
Dessinés aux beaux crayons de couleurs et aux yeux dilatés de surprise.

Mais, on ose ouvrir les yeux,
Et on laisse la réalité envahir notre monde.

On doit être une 'grande personne'.
On essaie de se convaincre
Que cette vision de papillon n'était que poussière d'ennui.

Que ce qui compte finalement
Est ce que nous aurons comme souper ce soir.

Si les poubelles seront sorties,
Ou si le robinet des toilettes sera réparé.

Des choses solides, qui plaisent par leur froideur métallique.
Des choses qui nous ancrent dans la boue,
Dans la moisissure du temporel.

On entend des choses sages de ces lèvres adorées:

« Tu ne dois plus vivre dans cette fantaisie,
Elle te fera mal… elle te fera du mal,
À toi et à moi. »

C'est alors que nous fermons à nouveau les paupières.

Du côté du sommeil de l'enfance,
On peut concrétiser une fois de plus le bonheur.

Nous vivons heureux dans un monde dont le billet d'entrée
Est le niveau de ferveur et de disponibilité.

Un sourire nous vient aux lèvres:
Elle est là!

Et puis, le bruit des choses
Nous ramène de l'autre côté du sommeil.

C'est le bruit lourd et inorganique
De la réalité qui tombe avec fracas
Sur les dalles sans pitié de la vie.

On descend les escaliers noirs du présent,
En se tenant à la rampe que nous connaissons si bien.

On regarde à travers la grande porte du salon,

Et des larmes nous viennent aux yeux.

Nous venons de reconnaître les traits de notre père
Chez cette personne sous l'arbre de Noël.

Et l'on va se recoucher,
Ayant appris tout ce que nous devons savoir de la vie.

C'est-à-dire, que trop souvent
Il vaut mieux n'avoir jamais vu la Terre Promise,

Car comme Moïse, nous ne ferons
Que mourir de soif devant l'objet de désir.

Bien que le regard de petit garçon
Qui vit toujours en nous,

Nous fera croire jusqu'au jour de notre mort,
Que le Père Noël, le Paradis et ce Papillon Noir,
Reviendront de ce côté de nos paupières.

Il y a des fois des apparitions dans nos vies,
Qui nous laissent les yeux grands ouverts,
Muets et seuls,
Avec de la poudre de papillon sur les doigts,

Et questionnant la réalité
De ce que nous venons de voir.

MAUVAISE CONSCIENCE

C'est elle qui nous parle
Quand on est seul en reconduisant chez nous.

Ou quand on fait semblant
De s'intéresser à la couleur de son nouveau chemisier.

Elle nous fait jurer que nous ne le ferons plus.
Jamais plus !

« Laisse-la tranquille. Tu as assez fait! »
Nous murmure-t-elle.

Et puis, l'objet de désir se retrouve devant nous.
Plein de tentation faustienne.

Le passé devient le moment.
On envoie les mains vers les sucreries, comme un petit garçon.

Toutes les structures philosophiques.
Toutes les lectures académiques,
Tous les sages des encyclopédies,
Se ruent à notre secours.

Sartre bouscule Camus qui remplace Pascal.
Et Rimbaud et Baudelaire sont dans les coulisses.
Ils attendent.

Notre immortalité, notre réputation.
Notre fameuse liberté d'action.
L'impossibilité de ne pas être libre.

De belles choses, quoi!

Cette lourde responsabilité d'action
Qui engage notre futur.
Tout cela dans la balance.

Les conséquences familiales et les pénalités de société.
Tout se présente clairement et fixement devant nos yeux.

Et, elle, elle s'assoie gentiment face à nous.
Dans son siège favori en cuir.

Celui qu'on lui donne volontiers,

Malgré sa présence néfaste pour notre salut.

Elle est chez soi. Elle l'a toujours été.
Elle n'a jamais été chassée.
Nous n'en avons pas la sagesse.

On ne pourrait pas vivre sans elle.
Car c'est elle qui nous donne l'espoir du dernier instant.

C'est elle qui nous fait croire
En la couleur, crème translucide,
Des perles faites du charbon de l'existence.

C'est elle qui nous permet de fermer les yeux à notre mort
Et qui nous chuchote:

« Malgré la douleur que tu as causée,
Tu as bien fait de le faire.
Tu l'aurais regretté toute ta vie. »

Et on se réveille en sueur sur l'oreiller moite.
On entend le mécanisme de notre montre sur l'avant-bras.

On croit sentir une humide chaleur aux coins des yeux.
Et on essaie de se rendormir dans ce qui reste de notre vie.

J'ACCUSE [BIS]

À partir des derniers cristaux, de la vapeur pulmonaire,
Du travailleur forcé des Goulags.

Du regard implorant de l'esclave
Regardant la corde justicière sous l'arbre.

Des pleurs de la mère
Berçant un petit amas mort dans les bras.

À partir du corps boueux fracassé du soldat
Regrettant les lèvres chaudes d'antan en allant au cinéma.

De toutes ces âmes traversant de l'autre côté...
Une dernière pensée, un dernier acte d'accusation,

Si elle a été créée en sa propre image,
Le Créateur devrait se remettre à l'œuvre,

Pour créer une nouvelle Création.

DE L'AUTRE CÔTÉ DU MUR

La réalité. Cet autre côté de nos journées.
Le temps, lui, y joue aux favoris.

Nous faisant goûter ces moments de plaisir,
Comme si nous n'y avions pas naturellement le droit.

Les choses se déroulent dans nos vies.
Nous nous réveillons, le matin, dans le noir.

Conduisant au lever du jour.
Nos esprits pleins de sommeil.

Avec assez de caféine dans le corps,
Nous acquérons un minimum d'énergie,
Pour soutenir un minimum de décisions.

Nous arrivons à avoir droit à notre salaire.

Nous sommes tellement ancrés dans cette réalité
Que… nous ne pouvons pas concevoir
D'une autre dimension. D'une autre présence.

Comme ces intelligentes explications scientifiques
De mondes aux dimensions multiples,
Qui défient le rationnel.

Nous ne pouvons construire que des fantaisies
De ce qu'il y a de l'autre côté du mur.

Donc, nous voilà en pleine réunion de bureau,
Sans but. Sans intérêt.

Nous essayons de nous envoler
Au-dessus de la table en métal devant nous.

Nous nous échappons
À travers le verre de la fenêtre sans le casser.

Dans ces mondes aux dimensions multiples,
Dont nous sommes en train de rêver,
Nous ne connaissons rien des obstacles boueux de la matière.

Un être d'un monde à deux dimensions, par exemple,

Ne pourrait qu'avoir des fantasmes d'une troisième dimension.

Il ne connaîtrait pas la hauteur.
Tout serait à gauche ou à droite.
Jamais en haut ou en bas!

Comme lui, nous nous sommes donc convaincus,
Que nous perdions notre temps à chercher ailleurs
Pour y trouver quelque chose, ou quelqu'un d'autre.

C'est comme cela. Cela a toujours été. Et le sera toujours.
Jusqu'au jour, jusqu'au jour,
Où nous apprenons qu'elle existe pour nous,

Et cela depuis toujours.
De l'autre côté du mur.

L'ÉPREUVE D'UN JOB CONTEMPORAIN À WALL STREET

Il lui vint dans son cœur,
Aux courbes géométriques inertes,
Rempli de graphiques aux froideurs financières académiques,

Un sentiment de ridicule.

Pourquoi penser à ce Job biblique,
En voyant sa propre réflexion laiteuse sur le plastique de l'écran?

Pourquoi cet être poussiéreux, abstrait et extérieur,
Remplirait-il, une fois de plus, ses heures bureaucratiques
D'ingrédients lettrés, symboliques et distants?

Mais la misère appelant la misère, il fut que,
Cet homme barbu, des pages d'un catéchisme sage d'enfance, lui vint à l'esprit.

Donc, malgré le luxe de choses matérielles:
De cravates à la salive de vers à soies exotiques,

De chauffeurs et concierges aux sourires bien rémunérés.
D'âmes amicales remplissant sa vie superficielle de fins de semaines.

Malgré les apparences de félicité des Autres
Sur son être, considéré important,

Il eut le frisson de n'avoir rien.
À la Gilbert Bécaud: plus rien.

Son dieu, celui de ses revendications faustiennes exaucées,
L'avait finalement rejeté.

Nu devant ses besoins très terrestres,
Il se senti accablé. Mal traité et mal mené.

Victime de toutes sortes d'injustices et de caprices divins.

Un Job, moderne,
Aux accoutrements beaux bourgeois,
Face à cette image numérique aux photons chimiques.

Mais notre Job originel, sur les pierres coupantes des terrains d'Abraham,
Malgré sa nudité biblique, contenait, lui, dans sa vision,

La certitude absolue d'une étreinte divine absolue.

La paix éternelle lui était assurée,
Dans un paternalisme à toute épreuve.

Tout cela au milieu d'un vide et d'une peine aux molécules temporelles.

L'autre, à Wall Street par contre,
Bien rasé et beau garçon,

N'avait dans son esprit, que le restant
D'une tiédeur charnelle de lèvres engorgées,

Envers lesquelles, il avait appris, la veille, avec la même certitude,
À jamais avoir perdu le droit de toucher

Dans une vérité laïque tout autant immortelle.

RÉFLEXIONS PRÈS D'UN SALON FUNÉRAIRE

Où tout finira,
Je peux concevoir un futur sans y être.

Les autres y feront leur devoir sans moi.

J'ai souvent compté les voitures des autres cortèges des défunts précédents.
Combien en aurai-je à mon tour?

J'envierai silencieusement les vivants.

Ces hommes, aux femmes élégantes.
En robes noires coulantes faisant double service:

Obsèques. Réceptions de cocktails.

Aurai-je le même public? Seront-elles là pour moi?

C'est peut être cela, l'ultime pari faustien:
D'être parmi la queue d'attente à ses propres funérailles.

Humant… non, avalant,
En un dernier acte hédoniste,

Les parfums de prix
S'évaporant des chairs féminines surchauffées.

L'ARISTOCRATIE DES CANARDS ET DES HOMMES

Une simple randonnée le long du vide d'une plage,
Qui aurait dû rester au niveau d'une splendide métaphore pour mon cœur.

Près, et au milieu, de belles et larges résidences.

Des bleus de ciel et d'eau scintillante.
Des rayons de soleil d'automne tardif.

Tout pour faire oublier les iniquités du monde.
Et rétablir la paix sur terre et la justice dans les cieux.

Et pourtant, pourtant,
Serait-ce une malformation d'un penchant européen?

Je me sentis le besoin d'imposer ma vision
Sur cette image tranquille à la Rockwell.

De merveilleux canards bien en graisse.
Blanc d'ivoire et noir brillant.

Manifestement heureux de glisser sous les ondes pour mouiller leurs plumes.
Ressortant au soleil avec fierté au son d'un coin-coin qui approuvait des choses.

Et mon esprit s'éloigna de ce tableau.
Le contrastant avec un autre.

Car, pas trop loin de ces canards choyés,
Sur cette rive de sable privé aux bruits défendus,
Hors du danger des masses malodorantes,

Mon coeur prolétaire pouvait voir leurs cousins, à quelques kilomètres,
Dans un bras de mer urbain aux odeurs pétrolières,

Plumes blanches aux nuances grises,
Du vieux détritus, tombé des vagabonds, dans leurs becs.

Et mon esprit trop politisé
Ne put s'empêcher de ressentir,

Que ces canards choyés
N'avaient pas plus le droit
Aux bonheur et plaisir terrestres,
Que l'humanité qui les observait

À travers leurs vitres filtrées et leurs après goûts
De martinis secs à la bouche.

Un manifeste pour les animaux

DE MEILLEURES HEURES D'ÉTÉ

Feuille sèche volante, relâchée de la neige.
Restant solitaire de vie mourante.

Retenant en toi de vagues images suffocantes de chaleur.

Fille de verte tribu, tu dansais dans les rayons d'été.

Tu tourbillonnes seule maintenant.

Guidée de vent *févriolant*,
De quelle tragédie végétale es-tu l'exemple ou la morale?

Tes soeurs sont depuis longtemps enterrées.
Te voilà encore, sur une tige morte.

Craquant de veines. Cherchant un repos.

Ce monde cristallin n'est guère pour toi.
Car ton marron te porte honte dans l'étrangeté blanche.

Haute et fière dans les tiédeurs d'hier,
Squelettique et prodigue, tu cherches à te cacher.

Ne m'envie pas, pourtant, derrière ma vitre,
N'ayant moi-même qu'un soleil électrique,

Regrettant comme toi, mes meilleures heures d'été.

ET DONC, LE MONDE S'ARRÊTA

Son manque d'intérêt
Envers la beauté environnante le surprit.

Comme des nuages d'électrons
Dans la froideur de l'espace d'un ordinateur
Qui auraient vainement voulu capter la beauté d'un soleil de Monet.
Rien. Rien.

Une précieuse petite plage
Dans ses plus belles nuances grises
Sous un ciel grisonnant et froid,

Et il ferma les rideaux.

La beauté, n'importe quelle beauté, lui blessait les yeux.

Il demandait au vide de son regard,
De lui montrer le même vide que celui de son coeur.

Et tout à coup cela arriva,
L'ultime rupture avec son précieux passé.

Son corps même, son esprit même, le forcèrent à vivre dans la réalité verbale.
Ses réflexions sur ce néant de tristesse se formèrent en l'autre langue,
Dans la langue commune aux Autres… l'anglais.

Il laissa tomber le cocon d'intimité linguistique,
Qu'il avait tissé, qu'ils avaient tissé de leurs émanations corporelles.

C'est donc, comme nous le prédit la littérature:
Bien avant l'arrivée de l'événement fatidique,

C'est dans le silence, dans un gémissement silencieux,
Que les choses s'étouffent.

C'est sous les draps à demi vides
Que nous nous recroquevillons et avons la gorge sèche.

Nous faisons des bruits d'étouffement. Cherchant l'air.
Non pas des bruits gutturaux lubriques.
Mais ceux similaires aux soubresauts de la mort.

Des demi gorgées d'air stériles,

D'une demi vie. Dans un demi présent.

Et c'est comme cela qu'il se passa...
Entre deux tempêtes de neige et les restants de glace sur le sable,

Sous le regard intense de mouettes aux yeux bleus,
Regardant une plage vide avec une âme vide,

Que la fin arriva.

Et donc le monde s'arrêta,
Sous des draps mouillés de larmes et de gouttes d'amour.

Les derniers efforts furent un mélange de grimaces et de sourires.
De pleurs mélangés à l'extase.

Et la prise de conscience, la prise de conscience physique,
Que toutes les impulsions arrivaient à leur fin.

Il plia, donc, le genou dans le sable qui gémissait.
Il plia le visage dans le vent de la baie,

Et il professa sa foi. Il murmura:

« Je crois en l'immortelle valeur des imperceptibles soupirs de ses lèvres.

Je crois en l'éternelle valeur du tendre resserrement de ses doigts sur mes mains.

Je crois en la vérité absolue de mots, de sa bouche, dits au hasard.

Je crois en la valeur religieusement innée de la façon dont ses cheveux
retombaient sur son front.

Tout autre chose n'est qu'un prologue en attente et une conclusion sans morale,
Et je les laisse aux dieux. »

Il continua sa marche sur la plage,
Où il fut accosté par un beau personnage habillé d'une soie infernale.

Une présence royale sur ce sable mouvant,
Sans traces de pas qui auraient pu lui faire croire en sa présence.
Dans ses mains gantées, l'apparition lui offrit des perles de l'univers:
« Moyennant un prix. » dit-il.
Alors qu'il prit ces morceaux de confort,
Il vit le futur.

Dans ce marchandage faustien rien n'était gratuit,

Mais pas tous les prix n'étaient au-dessus de la valeur qu'ils représentaient.

Dans ce futur, il marchera parmi les damnés,
Mais il gardera en lui le regard hautain de celui
Qui retient la conviction et le souvenir
Des moments de bonheur dans son coeur.

Avec toutes les molécules de son être
Il prendra sa place devant le mur de l'éternelle damnation
Avec son pic à la main,

Montrant, de ses yeux, le dédain envers la douleur présente et immortelle,
Sachant que son regard même
Aura eu le privilège de l'avoir vue,

Dans un dernier et long enlacement,
Dans la chaleur encore palpitante
Des tisons de leur amour.

MEURSAULT OU FAUST?

Dans l'arrière-plan uniformément noir d'un univers agnostique
La paix philosophique et linéaire régnait.

Les couloirs endormis du matin étaient suivis de ceux vides des après-midi.
Et la lumière qui luisait au fond de chacun d'entre eux n'était qu'un trompe-l'oeil
Sans valeur particulière. Sans joie ultime. Sans rédemption.
Et surtout, sans but.

C'était la routine qui mène - qui menait - au bonheur bourgeois.
Ou bien philosophique. Satisfait de lui-même et du moment.

Les choses et les humains se frôlaient sans trop savoir comment ou pourquoi.
La solidité brutale des uns et la fragilité charnelle des autres s'ignoraient.
Chaque camp croyant évoluer indépendamment dans un univers parfaitement
chaotique et gratuit.

Les carrefours de l'existence se présentaient de temps en temps.
Tout bêtement. Devant nous. À nos pieds.

Et, dans cet univers régnait une angoissante similarité
Entre la boisson d'une tasse de café.
Un arrêt aux toilettes.
Ou la survie d'un enfant malade.

Les choses et les hommes étaient prisonniers d'une ambivalence universelle
et éternelle.
Et tout était bien.

Tout était bien, parmi les choses. Les hommes.
Et parmi la morne prise de conscience
Que le futur n'était pas plus valable que le passé.

Jusqu'au jour. La minute. La seconde,
Où tout cet édifice apparemment solide
S'écroula au milieu de sa poussiéreuse fragilité.

On se questionne:
« Si l'équivoque régnait, si l'à priori divin ou matériel n'existait pas,
Pourquoi elle... et pas une autre?
Pourquoi ce regard... et pas un autre? »

« D'où vient cette présence spontanée et solaire
Qui remplit maintenant notre monde de plusieurs soleils à la fois? »

« Quelles autres lois des choses et des hommes sont maintenant transgressées.
Et… peuvent être transgressées? »

Du plus profond de nous, des sentiments bouillent
Qui font peur de leur franchise.

On se sent possédé par un besoin irrésistible
De liberté. De fantaisie. De rêve.

On se demande, la nuit, sous l'oreiller,
De peur d'être entendu des dieux et des hommes :

« Et si c'était ce regard qui comptait finalement… et rien d'autre? »

Des idées impensables naissent. Des possibilités sans limites s'emparent de
tout et envahissent tout.

Une telle et rare gratuité règne qu'elle ferait pleurer,
De la joie d'un petit garçon, le coeur rempli d'absurde d'un Meursault lui-même.

Alors, on commence à se lancer à travers tous les espaces de tous les temps.
Une tempête hallucinante, digne de toutes les formules illicites
De tous les alchimistes, se déclenche.

Notre âme, pourtant récemment irréligieuse,
Ne peut, maintenant, pas se refuser à l'appel de cette nouvelle religion :

Celle de l'amour, aveugle, aveuglé et aveuglant.

C'est alors que l'on se répète, avec une ferveur inconnue de notre cœur,
Le Credo qui guidera notre existence:

« Elle a eu plusieurs vies… mais une âme.
Dans une autre vie, elle existait pour moi. Je le sais. Je le sens. »

« Elle était ma sœur. Mon amante. Elle était moi.
Je me vois en elle et son regard est le mien. »

Exister dans d'autres vies où la limite temporelle des baisers
Serait seulement celle de la passion réciproque.

Où les lois seraient limitées par un besoin amoral et égoïste sans bornes.
Vivre dans un monde où le beau Lucifer serait à l'aise hors de la ville de Dieu.
Ayant décidé dès le début du temps
De ne pas s'attaquer aux fortifications divines.
Mais plutôt de s'installer dans la forêt environnante

Avec les choses et les êtres qu'il aimait et dont il était aimé.

Un monde sans revendications et sans peur noires dans les placards de la vie.
Où le Mal ne serait qu'une autre façon de vivre.

La vraie et originelle innocence du Paradis:
Adam et Ève ne sachant toujours pas qu'ils sont nus.

Toutes les lois et tous les tabous n'existent pas ou plus.

Et malgré les pestes virulentes du passé et les astéroïdes destructeurs du futur,
Tous ces autres moments ne pouvaient mener qu'à ce baiser.
Et rien d'autre.

L'absolu de l'absurde face à la présence de l'amour.
Inspiré par: Your Kiss *de Hall and Oats.*

GLOSSAIRE

Avenue de roches: emplacement de la villa de la famille de l'auteur à Marseille près de la Corniche.

Balzac: référence dans ce recueil à la beauté hypnotique et la sexualité ambiguë de *La fille aux yeux d'or*.

Bled: terme marocain qui fait référence à un terrain ou un espace vide.

Bonne Mère: appellation affectueuse des Marseillais envers l'église de Notre Dame de la Garde.

César, Fanny et Marius: dans ce recueil, où César représente la sagesse, Fanny l'émotion et Marius l'appel de la mer.

Chiaroscuro: Clair-obscur en français.

[le] Cid: pièce de Corneille où il s'agit de Rodrigue et Chimène.

« Come on Baby, light my fire. »: version de James Morrison.

Corneilles: référence dans ce recueil au dilemme de Rodrigue qui ne peut rester digne de Chimène qu'en tuant le père de celle-ci.

Crise de conscience et prise de conscience: étapes incontournables dans la philosophie de l'absurde.

Delacroix: référence, en particulier, dans le texte au tableau des *Femmes à Alger dans leur appartement* et son ambiance sensuelle.

Duras, Marguerite: auteur de L'amant. Dans ce recueil, l'amour continu chez lui envers cette femme.

[La] femme adultère: passage d'un grand lyrisme où Camus décrit une communication quasi sexuelle entre cette femme et le paysage maghrébin.

Fort Notre Dame: rue et quartier de Marseille où est né le père de l'auteur.

Galatée: statue qui devient vivante dans l'histoire de Pygmalion.

« Happy Ending » [le]: expression d'une heureuse conclusion à une histoire.

Hugo, Victor: référence dans ce recueil à la dualité de la nature humaine, de la beauté d'Esméralda face à la perversion religieuse de Frollo, et la fameuse scène des candélabres de Jean Valjean.

« I want to kiss you all over, and over again »: « Je voudrais t'embrasser partout, et encore une fois. » Paroles du groupe Exile.

[la] Jeune fille à la perle: référence dans ce recueil surtout à la version cinématographique de la genèse du tableau.

Jim Morrison: chanteur américain, du groupe The Doors, enterré au Père Lachaise.

Labrador: référence dans ce recueil au symbole de froideur de ce courant comparé à la chaleur du Maghreb.

Love the one you're with: paroles de Steven Stills [Aime celle qui est avec toi]

Loyal: cheval, de tempérament difficile, du père de l'auteur quand il était Spahi,

Marmottant: musée où se trouve le fameux Impression : *Soleil levant* de Monet

Meursault: référence dans ce recueil à la passivité émotionnelle du protagoniste de cet homme l'absurde.

Montée des Accoules: rue du vieux Marseille où est née la mère de l'auteur.

Paradis, rue: rue de Marseille où se trouvait la Gestapo.

Pascal, Blaise: référence dans ce recueil au pari de Pascal où il nous engage à tout miser sur l'existence de Dieu. Aussi bien que le Mémorial de Pascal: un feuillet trouvé à la mort de Pascal dans la doublure de son vêtement. Signe que l'on ne devait pas le voir et dont le sujet est sa renaissance dans la certitude de sa croyance.

Rimbaud: référence dans ce recueil au fait que ce poète s'arrêta d'écrire.

Rockwell: Artiste américain, par excellence qui représenta des scènes de l'Amérique profonde des année 50.

Saint Pierre, le cimetière: grand cimetière de Marseille au nord de la ville face aux collines aux roches blanches.

Salé: ville sur l'autre bord du l'oued Bouregreg au nord de Rabat. Sa kasbah est entourée de mur rougeâtre majestueux.

Sartre: référence dans ce recueil à son œuvre semi autobiographique *Les mots* où ce philosophe se voit vivre à travers l'humanité qui le suivra.

Sidi Moussa: le Moïse de la foi musulmane. Plage au nord de Salé, au Maroc: lieu de nombreuses journées de pêches et de repas. Compagnon de voyage dans ce texte et d'autres non publiés.

Sisyphe: personnage de la mythologie grecque qui fut condamné par les dieux à pousser sans trêve un rocher pour les avoir défiés.

Solinga: nom donné au grand père paternel de l'auteur. Celui-là fut un enfant trouvé en France ou en Italie. En italien, nom qui veut dire « solitaire ».

Spahi: membre d'un régiment français des troupes à cheval d'Afrique du Nord. Uniforme réputé de ses couleurs.

Tristan et Iseult: référence dans ce recueil à ce conte médiéval d'un amour irrésistible, illicite, magique et fatal entre deux êtres qui se sentent coupable.

Vermeer: référence dans ce recueil au tableau *Jeune fille à la perle* et le film qui s'en inspire où le peintre fait face aux demandes conjugales et artistiques.

Vigny, Alfred: référence dans ce recueil au fait que le Christ de Vigny se détourne d'un ciel qui est sourd à sa peine dans le *Jardin des oliviers*.

Voltaire: référence, en particulier, dans ce recueil au poème *Le Tremblement de terre de Lisbonne* où il vit la fragilité de la vie sur le globe.

Volubilis: ruine d'une ville romaine située au Maroc.

LISTE DES TITRES

www.ingramcontent.com/pod-product-compliance
Lightning Source LLC
Chambersburg PA
CBHW080906020726
47502CB00008B/2372